阅读，认识你自己
Lege, temet nosce

OWL 猫头鹰

L'arte di essere fragili

脆弱 亦

essere

美好

〔意〕
亚历山德罗·达维尼亚

著

徐力源
译

fragili

Alessandro D'Avenia

北京联合出版公司
Beijing United Publishing Co.,Ltd.

图书在版编目（CIP）数据

脆弱亦美好 /（意）亚历山德罗·达维尼亚著；徐
力源译 . —北京：北京联合出版公司，2018.10
ISBN 978-7-5596-2434-5

Ⅰ . ①脆… Ⅱ . ①亚… ②徐… Ⅲ . ①散文集—意大
利—现代 Ⅳ . ① I546.65

中国版本图书馆 CIP 数据核字（2018）第 172038 号

L'arte di Essere Fragili by Alessandro D'Avenia
Copyright © 2016 by Alessandro D'Avenia
Published by arrangement with Andrew Nurnberg Associates International
Limited
Simplified Chinese translation copyright © 2018
by Beijing Xiron Books Co., Ltd.
ALL RIGHTS RESERVED

版权合同登记号 图字：01-2018-6743

脆弱亦美好

作　　者：（意）亚历山德罗·达维尼亚
译　　者：徐力源
责任编辑：昝亚会　夏应鹏

北京联合出版公司出版
（北京市西城区德外大街 83 号楼 9 层　100088）
三河市冀华印务有限公司印刷　新华书店经销
字数 156 千字　880 毫米 × 1230 毫米　1/32　8 印张
2018 年 10 月第 1 版　2018 年 10 月第 1 次印刷
ISBN 978-7-5596-2434-5
定价：42.80 元

未经许可，不得以任何方式复制或抄袭本书部分或全部内容
版权所有，侵权必究
如发现图书质量问题，可联系调换。质量投诉电话：010-82069336

L'arte di essere fragili

"有没有一种得到持久幸福的方法？能否学到艰难的日常生活技巧，进而把这种技巧变成日常欢愉的艺术？"

每个人都会无数次面对这样的问题，却找不到答案。然而，由于我们遭遇到的某件事，或由于某个人，也许解决办法会不期而至。

亚历山德罗·达维尼亚在这本书中，讲述了他谋取幸福的方法和向他透露这一方法的决定性会面——与贾科莫·莱奥帕尔迪的会面。

莱奥帕尔迪经常被草率地视为悲观主义者和不幸的人。然而实际上，他是一个热爱生命和无穷的年轻人。他忠实于自己的诗歌志向，不顾同时代人的无视甚至讥笑，为实现自己的志向而奋斗。

多年来，意大利全国各地的年轻人在寻找自我、寻找生活意义的过程中，向达维尼亚提出了种种疑问，达维尼亚则在莱奥帕尔迪的生活和诗歌中发现了闪念和挑衅、怀旧和生命力，并从中得到了回答这些疑问的启示。他们的疑问就是莱奥帕尔迪诗歌中的萨福和游牧人、内里娜和希尔薇娅、克里斯托弗·哥伦布和冰岛人等人物的疑问。对于这些疑问，没有简单的答案，然而如果我们不敷衍了事，就可以把这些疑问当作指南针，寻找我们的生活方向。

挑战已经发出，关系到我们所有人：莱奥帕尔迪在他的诗歌中找到了他生活的理由，那么我们呢？能让我们在生命的每一个阶段都感到自己鲜活激情的是什么？我们向世界展现什么样的美，才能最终说"我们什么也没有虚度"？

亚历山德罗·达维尼亚在与我们现代最伟大的诗人的亲密对话中，完美地展现了他的教师经验、读者激情和作家敏感性，陪伴我们进行了一次令人惊奇的生命之旅。我们从青春期的躁动出发，那是充满希望、活力四射的年龄，既有热情的顶峰，又有郁闷的低谷；经过成熟期的考验，那是愿望与现实冲突的时刻；最终达到忠实于自己，接受薄弱和脆弱，学会修复生命的艺术。也许，幸福的秘诀就隐藏在这里。

致

所有在起飞前就折断了翅膀的男孩和女孩

致

所有捍卫着脆弱事物的男人和女人，

因为他们／她们知道脆弱的事物最宝贵

致

我的家庭，

我就是在家庭中日复一日地学会了接受脆弱的艺术

贾科莫·莱奥帕尔迪

Giacomo Leopardi

1798—1837

对于阅读一首真正的诗，不论是韵文诗还是散文诗，
都可以套用斯特恩对微笑的评价，即为我们短暂生活的布增加一条线。

———

贾科莫·莱奥帕尔迪

《杂感录》，1829 年 2 月 1 日

我这短暂的旅行通向何方？

———

贾科莫·莱奥帕尔迪

《一位亚洲游牧人的夜曲》

Indice 目录

ADOLESCENZA
o l'arte di sperare

青春期，
或者说希望的艺术

MATURITÁ
o l'arte di morire

成熟期，
或者说死亡的艺术

幸福是一种艺术，
而非一门科学

幸福不过是完成而已。

——

《杂感录》，1823 年 10 月 31 日

亲爱的读者：

　　我习惯在这座城市的公交上收集人的表情和目光，因为我常常在公交上发掘出我故事中的人物，因为在公交上常常潜伏着某个时间和某个地点的幸福。我有时朝着某个人微笑，尽管不认识这个人，让这个倒霉的人不知所措。然而我接着就会看到，某种东西消融了，先前皱着眉的脸庞明显表露出，脸上更多的肌肉是用来悲伤，而不是用来微笑的。我感觉我们正在忘记接受幸福的艺术。当我们幸福的时候，由于害怕这种恩赐只是幻觉，就把它

浪费掉了，就像一个园丁因为玫瑰的种子太小、太脆弱就失去了信任，决定不去照料它。

我在观察一朵玫瑰的时候意识到，美对世间万物而言不一定重要，但它们却这样美好。我们为什么不能达到一朵玫瑰的美好，或者说是忘记怎么做了呢？我们太关注结果，而没有关注人，从而忽略了把我们自己当作活生生的人来关照。活生生的人应该一天比一天更生机勃勃，一天比一天更能把握新的命运。我们满足于毫无喜悦、筋疲力尽地重复着日子。我相信之所以如此，是因为我们常常喜欢生活的外表胜于喜欢生活本身，就好像收到礼物的人由于害怕失望而满足于礼物的包装一样。

我们这个时代，乃至所有过往的和未来的时代弥漫的不幸福感是由缺乏"幸福"激情所致。幸福的激情是一种生动生活的关键。一个人的命运取决于激情，而激情既是对所爱的人和物的喜爱，也是对所爱的人和物承担责任的能力。有人称我们这个陶醉于表面情感但缺乏深挚爱情的时代为悲伤激情的时代，这个时代因缺乏可以变成目的地的命运而黯淡无光。也就是说，我们没有原原本本地接受我们的生活并让其变得绚丽多彩，我们没有把我们遭遇的变成我们选择的，没有把别人给予我们的变成我们期待的，没有把我们所拥有的变成我们所热爱的，没有把我们正在走的道路变成我们达到一个目的地的灵感。相反，在我收集到的面孔中，迷茫是最普遍的表情之一。那么是什么东西让我们迷失了道路，什么东西妨碍着我们的生活呢？

在西方，十五岁的孩子中就已经有不少人尝试过一次自杀，二十四岁以下的年轻人中自杀是仅次于车祸的主要死亡原因。这一事实令人惊讶。拒绝生活，再加上各种各样的不适和表现（厌食、嗜食、多动症、注意力不集中、依赖、弃学、"发条橙"式的暴虐游戏 [1]），成为一代人的痛苦呐喊。这一代人时而焦虑，时而逃避降临于他们的生活，他们就像蒙克 [2] 的名画《呐喊》中的那个人，站在桥上喊叫，忘记了自己从哪里来，要到哪里去，悬在天旋地转的痛苦中，不知是前进还是后退。

幸福的、深切的、持久的激情到哪里去了呢？还有可能重新唤醒我们的激情吗？抑或是已经永久迷失了呢？有没有一种让幸福持久的方法呢？有没有一种处世方式能够赋予生活尽可能广泛的认可而不被其重力压碎，不屈从失败、挫折和痛苦，相反还能将这些负面的东西转化成滋养存在的必要成分呢？能不能学会那种艰辛的日常生活技艺，甚至由此开发出一种日常快乐的艺术呢？

年届四十岁的时候，我相信我找到了这种艺术的诀窍。我们

《发条橙》是 1972 年斯坦利·库布里克（Stanley Kubrick）所执导的犯罪片，该片改编自安东尼·伯吉斯（Anthony Burgess）的同名小说。——如无特殊说明，均为译注

2. 蒙克（Edvard Munch，1863—1944）：19 世纪挪威表现主义画家。

可以不害怕生活，甚至还可以接受这种害怕。这是我所拥有的最宝贵的东西。亲爱的读者，我想在这本书中向你们讲述我的收获，就像朋友之间，也许是在一个闲暇的傍晚聊天一样。我甚至希望由向我透露这个诀窍的朋友向你们讲述，这个朋友在我十七岁的时候跨进了我的房门，再也没有出去。

我们只让有权坦诚相见、毫无戒心，甚至赤裸相见的人进入我们的房间。更何况在十七岁这个年龄，我们的房门是一道不可逾越的门槛：外面是成人的世界，这个世界总想强加它的秩序和它的形式；里面是乱七八糟，衣服、课本、乐谱以及不知道从哪里弄来的纪念品扔得到处都是。我们的房门也是外部与内部的边界：一边是那道门以外的人们所见到的我们，一边是真实的我们；一边是"纯净"，也就是纯洁、整齐、有序，一边是"肮脏"，也就是我们无法给其秩序、意义或方向的混乱。没有人可以越过那条边界，除非拥有进入我们内心的护照的人，或者凭借诱惑或走私的艺术溜进我们内心的人。

请读者想一想，当你躺在自己的床上，就着一个灯泡既古老又现代的光亮，以没有节制的信任阅读一本书时，会发生什么事情：你正在放一个外人进入你的夜晚，那是一个你放松戒备的时段。你以这种姿态面对对黑暗的恐惧，你让自己可以接受奥秘。

我与那个向我透露幸福诀窍的人就是这样一种情况。年轻时我根本没有想到会把我房门的钥匙交给他，他就是：

贾科莫·莱奥帕尔迪。

请你说实话，你一定很失望，两个沉重的事实进入了你的脑海：驼背和悲观主义。

有这样一个人，他的独特标志就是在三个层次（主观、历史和宇宙）中不断增强的驼背和悲观主义，还有他的教育。哪个孩子会让这样一个人进入他的房间呢？

如果我们讲述莱奥帕尔迪生活中的其他情况，也许我们现在对他的认识就会大不一样了，就会更贴近这位诗人对孩子们的内心所具有的实际影响了。

譬如，如果我们说，他从小就喜欢躲在阁楼里跟从窗帘透进来的光和影玩耍呢？

如果我们说，他喜欢跟他的兄弟们在滑稽表演中扮演英雄人物呢？

如果我们说，他在日记中写到，他的娱乐就是边走边数星星呢？

如果我们说，他曾竭力获得父母的爱呢？对于一位不怎么给子女爱抚的母亲和一位过于严厉的父亲来说，这实在难以做到。

如果我们说，他在那不勒斯生活的岁月里像小孩子一样喜欢"吉罗拉马太太家"的面包，"维托·平托家"的甜比萨和冰激凌呢？他甚至在一首诗中为冰激凌艺术奉献一个诗句（"维托因此艺术成为男爵"）。他一有可能就坐在"仁爱广场"的咖啡馆里吸吮着他的冰激凌，使劲往咖啡里加糖，直到把咖啡变成糖浆。他把医生不让吃的甜点藏在枕头里，到了夜里狼吞虎咽。

如果我们说，他经常买彩票，他因为知道驼背的人运气好而常常向碰运气的人推荐中奖号，他听凭路人善意地取笑他呢？

如果我们高声朗读他献给莱奥帕尔迪家的老厨娘安洁莉娜的十四行诗呢？他特别欣赏安洁莉娜的微笑和她做的千层肉饼。

如果我们说他需要朋友呢？对朋友的需求让他在友谊中发现了某种甚至能够赢得死亡的东西。

很少有人能够像莱奥帕尔迪那样把握现实，因为他的感觉极其细腻，可以"捕捉幸福"。引导他的是一种绝对的激情。他在自己的内心守护着这种激情，在世的近三十九年中，他以极其脆弱的存在滋养着这种激情。因此，他的命运是选择的，而不是接受的，尽管他有充足的借口接受命运，或回避任何激情。他是美的捕猎者，美就是在日常事物中向善于见微知著的人展现出来的丰满。他竭力用他的语言展示这种美，让充满缺失的生活变得丰富和幸福。

我在这本书中提出了问题（文学就是要提疑问，而不是做讯问），并回答了莱奥帕尔迪的问题。他在他的"房间"（指诗歌中的节）里亲切地接待了我，给我写了悲伤而又刚劲的信：这是在由阅读所创造的时空——美的时空中与他交谈的书信集。美的时空可以压倒由时钟计量的时间，并扩展生活。这是唯有爱情与痛苦、写作与阅读才能做到的。

然而这本书也是为了落实贾科莫未能实现的两个计划。他1827年4月在《杂感录》里提到，他想写一封"致一位20世纪年轻人的信"。我喜欢想象收到那封信的人就是我，一百五十年后我就出生在他曾感到他自己所处的那个世纪。阅读另外一个人的所写就是进入与这个人的书信往来：他写给我们，我们相隔成千上万个小时回答他。诗歌就是漂流瓶里的信，其目的就是在时间上延迟的对话。莱奥帕尔迪的诗对于我这个当初落入他的房间的青春少年来说就是这样的对话。

另一个他未能完成的计划是一首关于人生各个阶段的诗，一首散文韵文兼而用之的诗。莱奥帕尔迪因健康状况不佳，比我们所有人都活得匆忙。他用确切的语言教导我贴近生命的各个阶段，使之如此实际和可居。他帮助我发现存在的目的和应该贯穿于存在并指导存在的幸福激情，找到在人生的每一站运用日常生活艺术的工具。

因此，本书分为若干部分，指明人生的不同阶段以及可以从内部照明这些阶段的东西。莱奥帕尔迪像提炼香水的各种成分一样提炼了我们大家人人都要经历的各个阶段，不论归属的经度和纬度是什么，不论生命向我们提供的"礼物"是什么。人生本质的这些基本组成部分，我们称之为青春期，或者说希望的艺术；成熟期，或者说死亡的艺术；修复期，或者说接受脆弱的艺术；

死亡，或者说再生的艺术。艺术是拥有生活天赋的人（所有人）可以学习和日益改善的东西，其目的就是让每一站都能被一团不熄之火照亮，这团不熄之火就是像日常生活中的诗人而不是像筋疲力尽的幸存者或苍白无力的龙套演员一样生活于世界的幸福激情。在一个愉悦的时刻，我们也许不会惊叹："这是纯粹的诗吗？"

这本书不包含简单的解决方案，因为生活从来不简单，对于莱奥帕尔迪来说尤其是这样。这本书只是通过对生活的更纯粹的观察告诉读者，我们可以如何稍微简单一些。

加入我们吧，读者。如果你在走路的时候感觉到疲劳的痛苦，忍一忍吧，路尽头的景色将是难以忘怀的。我还记得我在伦敦摄政公园的玫瑰园里散步时所体验到的魅力。我与四百多种三万多株玫瑰面对面，每一种都有不同的名字，每一株都有不同的颜色。在那里，我似乎看到和感觉到了这个世界多姿多彩的秘密。

那块玫瑰田将是我们的。那是人的命运的玫瑰田，那是人们脆弱和可能的幸福的玫瑰田。正如莱奥帕尔迪所写，幸福不过是一个生命的完成，任何一个生命的完成，为了达到完成，"必须热爱现存的事物并为每一个现存的事物寻找尽可能大的活力"（《杂感录》，1823 年 10 月 31 日）。

如果读者信任我，我保证帮助你寻找这种活力，重新唤醒这种爱。

ADOLESCENZA
o l'arte di sperare

青春期，
或者说希望的艺术

希望犹如自尊，直接来源于自尊。
出于动物的本质和天性，二者都不可能离开动物，
只要一个人活着，也就是说能够感觉到自己的存在。
——
《杂感录》，1821 年 12 月 31 日

倚赖星星

一个用绳子吊在星星上的空中阁楼。
——
《杂感录》，1820 年 10 月 1 日

亲爱的贾科莫：

    我们之中没有任何人逃避流星陨落的仪式，因为一年三百六十五天至少有那么一个夜晚，所有人都希望自我感觉成为无穷历史的一部分。当一颗星星陨落的时候，一个愿望就会升起，仿佛我们的梦想依照一个完美逻辑与宇宙的运动相连接。事实上，古人说过，如果星星决定不了生活中的事件，至少可以影响它们。在那一刻，黑暗遮盖了我们面对生活感觉自己无能为力的恶习，我们沉浸在这样的黑暗中，终于有资格在我们内心的沉寂中表达对于

我们来说最重要的想法，我们因之而希望活着的想法。那火星经过我们的眼睛无声无息地渗入我们的内心，以其最后的跳动引发了新的爆炸和新的扩张。

在那一刻，我们感到那美是我们应得的，就因为那美是无偿的。我们心中产生了信任，我们相信日常生活可以变成沃土，培育我们的愿望，让我们的愿望开花结果。我喜欢称那样的时刻为一种心醉神迷的时刻，我们身上最真实的部分突然展现出来，全然不顾一切：学习成绩、工作成就、他人的评价，还有那大量企图把我们压缩在悲惨的无梦者境域的事情，统统不在话下。在一个繁星之夜，我们身上最真实的部分竭力拓展自己的空间，尽管我们常常匆忙说服自己相信，这只是一个游戏或一个"没有由来的"梦。然而贾科莫，你是不倦的天空遨游者，所以你知道我们身上最真实的部分是一个可以居住的房子，尽管这所房子的地基悬挂在一颗星星上，一颗永不陨落的星星，为我们在生活的海洋里航行指明方向。你教导我，心醉神迷不是我们一年只有一夜才能得到的奢侈，而是整整一生的北极星。

这不是什么神秘的体验，也不是什么情感体验，而是令人眩晕的独特体验，所有人在相爱的时候都有这样的体验。西班牙诗人佩德罗·萨利纳斯献给爱人的诗可以为证。这首诗出自我特别喜爱的 20 世纪爱情诗集：

当你选择了我

那是爱情在选择

我从无名状态浮出

默默无闻，一无所有。

·············

然而当你对我说"你"的时候

是的，是我，在众人当中的我

我已经站在了星星之上。

·············

你拥有了我，

也就把你给了我。

《应该给你的声音》

　　一旦做出了选择，就发现了自己的独特性：内心的空间无限扩大，从那里可以无所畏惧地投身于世界。当现实的一个碎片召唤我们走出自我的时候，我们就心醉神迷了，即使我们还留在自我当中，甚至还更深入地占有了我们真正的自我。我们感觉可以最终抓住生活并把它变成我们的：我们想要月亮，而且我们并不觉得想要月亮是愚蠢的，就好像那是我们的权利和义务。

　　贾科莫，你在一个心醉神迷的时刻也感觉自己是某个人而不是某个东西。做诗人是你的任务，诗歌就是你的家，你的家就系在星星上。为了掌握那个重力的秘密，你只能做诗人。多亏有你，我才能随时把一个繁星之夜带到我的房间里，才能把一轮满月带到我的教室里，才能在某一时刻完好无缺地找回内心深处的愿望，不让犬儒主义称这些愿望为精神错乱。

　　前些时候，我又在高中最后一个年级代了一个小时的课。那是一个平常的星期一，大家都一脸忧郁，还带着刚刚过去的那个假日的沉重。我以在我看来是唯一的不那么沉闷的方式打发那一个小时：看看我从这些不认识，也许再也不会见到的孩子身上能学到什么。我让他们向我讲述他们在最近几年中经历过的心醉神迷时刻，也就是现实世界的召唤让他们心醉神迷并把他们带回自我的时刻，让他们不禁感叹"这就是家，我就想这样活在世界上"的时刻。

　　有一个男孩向我讲述了高山滑雪，与沉寂大山的接触。另一个男孩讲述了他对电子部件和线路的酷爱，他正在制造一个智能管家装置。一个女孩向我描述了毛里塔尼亚的沙漠，她在那里过了几夜，感受到了星空下的空旷。另一个女孩说，她在照料小孩子时感觉特别自在。还有一个女孩已开始在急救车上做志愿者，她终于感到自己有用了。一个男孩向我讲述了巴西马拉尼昂州的"千湖沙漠"，这片沙漠濒临大海，白色的沙丘间散落着纯雨水水坑，犹如一个刚刚脱出上帝之手的地方。还有一个男孩告诉我，他看大导演的电影时，感觉自己受到召唤去创造同样美好的形象和故事。孩子们在接触大自然或他人生活的过程中寻找系在星星上的房子。大自然诉说着无穷无尽，并以其动人心魄的美让人回归一种完整无缺、不可驯服和危险的纯净。他人的生命常常是脆弱的，应该为这些生命做点什么。

从教室走出来，我的愿望和我的生活计划都焕然一新，因为我在课堂上的感受就像他们在那些场合的感受一样。这些孩子的内心渴望无穷，渴望纯净，渴望友谊，渴望扑向善、真、美，与他们在一起，我感觉像在家一样自在。他们就是我在十七岁决定要做教师时感觉到的那种心醉神迷的基本组成部分。我的流星有三颗。

十七岁的一天，我偶然调到了一个电视频道，那个频道正在播放一部电影，片中扮演教师的罗宾·威廉姆斯唤醒了学生们沉睡的灵魂，推动他们到文学和生活中去寻找可以为这个世界的伟大诗篇做出贡献的诗句。我在那部电影中看到了我的未来和我的激情所在，这种激情在我的过去中几乎是不自觉地成熟的。

不久后，这一切都由一个类似的时刻证实了。我的文学老师向我推荐了他最喜欢的书——德国诗人荷尔德林的诗歌，让我在两周之内读完。在诗句和老师的铅笔批注当中，我被那位诗人迷住了，他拥有常人所没有的探索无穷的能力，虽然不擅长生活的艺术，但却比其他人都擅长音乐般的语言："你知道你哀伤的是什么吗？不是刚刚死去几年的东西，你无从确切地知道它什么时候存在，什么时候逝去；而是，而且现在还是，你内心的东西。你所寻找的是一个最佳的时间，一个最美的世界。"（《许佩里翁》[1]，《狄奥提马致许佩里翁的信》）我在寻找那种美的过程中，在一种哀伤的忧郁中，感到非常自在。那种哀伤并非哀伤，而是一种我们共同拥有的渴望。让我心醉神迷的还有这样一个事实，就是我知晓了一个秘密，我的老师的秘密，他在我身上看到了一个未来的教师的激情，一个像他一样的教师。那个早晨，他没有抱怨又一个上学的日子，而是从他的书柜中为一个学生，就是那个现在正在给你写信的学生，挑了一本书。

最后，还是那一年，我们学校的宗教老师皮诺·普利西被黑社会杀害了。我也因此感受到了心醉神迷，让我心醉神迷的是痛苦和愿望。许多心醉神迷都是深刻危机的结果，我希望成为一名能够或多或少为孩子们献身的教师，也包括为那些似乎不值得我们努力的孩子。

贾科莫，正像你写给我的那样，在我们那支离破碎的脆弱存在中，愿望、激情、痛苦，特别是爱情，是命运的催化剂。

任何人如果不进行深刻的自我体验就不会成人。那种体验向他揭露他自己，决定他对自己周围的看法，因此或多或

---

[1]. 荷尔德林的书信体小说。

少决定了他的命运和他在生活中的状态。……对自己的了解和把握常常来自需求和不幸，或者来自某种强烈的激情，特别是爱情。

《思想录》第八十二篇

时至今日，我已经三十九岁了，但仍生活在十七岁时的那些令人激动的心醉神迷当中。那些心醉神迷是我的中心、我的独创、我的家、我的日常喜悦、我的热忱，是一切的源头。点燃生活激情的火焰只会比一颗星星更炽烈，因此，你想象的是一栋系在星星上的房子，从第一首诗到最后一首诗，星星始终陪伴着你。这些似乎都是比喻和词语，是梦想者的想象，但在教了多年的书以后，我知道这是真理。

亲爱的贾科莫，你向我透露了让一个人在青春期直觉到的命运开花结果的秘密。即使在现实堵塞了我们的道路的时候，唯有忠实于自己的心醉神迷才能让生活成为对各种可能性的有趣探索，并将这些可能性化为营养。

贾科莫，告诉我，你在哪里找到了这样的力量？有一个女孩子向我吐露，她人生中的两次心醉神迷，一次是爱情，一次是舞蹈，都可悲地失败了。爱情失败是因为缺乏交流，舞蹈失败是因为严重的工伤。贾科莫，你能告诉我，我该如何回答那个女孩子吗？你能告诉我，你是如何做到毕生忠实于那第一次心醉神迷的吗？你做到了在那些岁月里似乎不可能做到的事情。

告诉我们，在整个世界都在抗拒我们，我们逆流而行的时候如何为幸福而奋斗，让我们也能够找到你的清澈和你的力量。教给我们一年三百六十五天，天天都是星空的诀窍吧，我们想要一种紧紧抓住未来的生活。种子不寄"希望"于光，就生不了根，然而希望并不那么容易，希望需要自觉、开放和许多失败。希望不是乐观者的毛病，而是强有力的现实主义，是一颗脆弱种子的现实主义：种子只有接受地底下的黑暗才能长成树林。贾科莫，教给我们这一希望的艺术吧。

心醉神迷，或让你有所作为的召唤

我谦卑地问，
没有个人的幸福能有人群的幸福吗？
——
《致皮埃特罗·乔尔达尼的信》，1828 年 7 月 24 日

亲爱的贾科莫：

有一句古老的谚语说："隐藏在苹果核里的种子是一个看不见的果园。"然而要善于看到封闭在那颗种子内的东西，需要一种特殊的感觉，独创的感觉：没有什么古怪和非常的，就是单纯朴素的源头意识，有了这种意识，我们就可以直觉到我们为什么活在世上。不过源头的表现非常细微，只有全神贯注才能发现。每个人在生活中都至少有那么一分钟的清澈、明亮和喜悦，那是作为一个不可复制的新东西的承载者活在世上的喜悦。你对我说

过，这就是幸福的开始，是可以居住和使之开花结果的可能性。

在一个人的生活中，心醉神迷的时刻并不多，但非常重要。在那样的时刻里，过去、当下和未来突然同时现身，犹如在一颗种子中同时发现了生长出这颗种子的树，这颗种子即将生长成的树，以及其中所有的季节。这种时间的膨胀与压缩的感觉，这种僵化与开放的感觉，就是心醉神迷，是同自己的源头，进而同自己的独特性的接触。

犹如对于我们所爱的人，我们会这样想："我似乎认识你好久了。""我想永远跟你在一起。"当这种情况发生的时候，我们感觉自己受到召唤，奔向一种持久的而不是短暂的幸福：我们不再没有名字，我们终于拥有了一个自己的名字，一个其他任何人不可能有的名字。

为此，贾科莫，我讲述你的生活不再从你出生的那一天讲起，不再从你的童年讲起。历史学家这么讲是有道理的，小说家则有不同的时间概念。讲述的人知道，时间围绕着一个核心、一个源泉旋转。这个核心，这个源泉，不是开始，而仅仅是中心，相对于这个中心，先前是准备，之后是成功。传记像一条直线，生活则像一条螺旋线，中心位置不变，弧分围绕着中心，依对自己的独特性的忠实程度而时近时远。那个中心就是心醉神迷，青春期则是它的容器。

你在十八岁时就是用这样的语言向我描述了你的心醉神迷。四年前，你的父亲向你展露了他的图书馆的神奇。他为那座图书馆耗费了十年的工夫，并慷慨地将图书馆交给雷卡纳蒂[1]及其郊区的居民使用。我想象你坐在写字台前的样子，你想以此赢得父母，特别是父亲的爱。你就着烛光读书，冬天还披着毯子。你通过那些书进入了从家乡的小路无法进入的世界，就像当今的青少年通过网络所做的那样。

你像所有孩子一样厌倦天天都一样的日子，寻求摆脱这种厌倦。书成了四壁之内唯一可以支配的资源。你在书中寻找幸福的配方，仿佛幸福是一门科学。你在书页中发掘，就像一个小孩子循着地图中包含的线索挖掘地下宝藏一样。宝藏挖到了，但结局却出人意料，也许恰恰是为了把一个有着难以正常呼吸躯体的你，从那些岁月中拯救出来。

十八岁时发生了始料未及的事：厄运进入了你那单薄的躯体。你曾想通过图书馆了解世界，但生活再次把你从图书馆召唤出来，进入了一本别样的书，一本大自然创造的书。

你向我描述过那道把你从图书馆里召唤出来的光芒，我喜欢反复阅读你的那段描述：

> 当我在这些令人十分惬意的地方（我的祖国拥有的唯一好东西）和时间看到大自然的时候，我有一种灵魂出窍的感

---

1. 诗人贾科莫·莱奥帕尔迪的家乡。

觉，深感如此无所事事，让青春的炽热流逝，还有那先写好
散文到二十年之后再写诗歌的想法，都是大罪过。

《致皮埃特罗·乔尔达尼的信》，1817 年 4 月 30 日

　　信是写给你那个时代一位著名知识分子的，你给他写信就
是为了征求他对你未来的意见。这封信是你那心醉神迷时刻的证
明，你的心醉神迷是同现实的关键接触，像音叉一样让我们进入
了共鸣，令我们明白：那就是我们的调性，那个空间就是我们的
家，我们就想居住在那里，因为在那里，不论在世界什么地方，
我们都感觉到自在。贾科莫，你的话让我明白了一切从哪里开始。
　　那次心醉神迷决定了你对乔尔达尼的回答。乔尔达尼建议
你先攻散文的技巧，但你回答说你不愿意再等待了，因为先有惊
奇，后有技巧，惊奇是技巧的原因，而不是相反。惊奇迫使嘴巴
张开，迫使双臂伸出，然后才会启动言语和行动。

　　我已经不想说，在我看来，如果大自然呼唤你从事诗
歌，你就应该一心一意地遵从这一召唤，而且非常显然、非
常肯定的是，诗歌需要没有止境的研读和辛苦，诗歌的艺术
非常精深，越深入就越能了解其精妙存在于一个一开始想都
想不到的地方。我只是觉得，艺术不应该淹没自然。在我看
来，循序渐进，先写好散文然后再写诗，这样有悖大自然。

大自然其实是先让你写诗，然后随着年龄的增长，再赋予你写散文所需要的成熟和冷静。

《致皮埃特罗·乔尔达尼的信》，1817 年 4 月 30 日

一个没有惊奇的少年只是一个没有心醉神迷的少年，正如没有惊奇的艺术只是冰冷的技巧或转瞬即逝的挑逗。惊奇就像模糊的光，推动我们的注意力奔向更远的地方。惊奇犹如人在相爱时第一眼就预感或隐约看到的全部故事。

贾科莫，不管青春期的界限如何变动，其目标就是这颗孕育未来的种子，就是那让奋斗者得到锻炼的火，即使会令他们脆弱。达到了最初的深度，富有灵感的行动就会喷薄而出，其他一切则是化装舞会，模仿，转瞬即逝的传染。如果不挖掘，不把它挖出来，寻找就会无限期地拖延下去。我们寻找的东西已经在我们的心中，只是由于缺乏同现实的接触而没有被激活。不找到它，我们就仍然受到两条原则的约束，这两条原则决定着童年和少年阶段的脚本：愉悦的原则和义务的原则。这两条原则是发动机，推动我们依照外部的授意而不是为了内心的开花而行动。"心醉神迷"的拉丁语用于描述一条河的水流，它承担一切、克服一切，最终到达大海。不被心醉神迷，不仅到不了大海，而且还会滑入睡眠，或逃进梦境。

你常常感到自己没有能力迎接那一召唤，你所体验到的力不

从心也是我们所有人在面对心醉神迷的伟大和我们自己的实际能力不足时所产生的感觉。不过你抵御住了诱惑，没有把那一召唤仅仅看成一个幻觉。你不仅不能抛弃已经托付给你的那片世界，而且不能抛弃我们，我们可以把它当作你送给我们的礼物。照料是心醉神迷的目的，在我们恋爱和一个人被托付给我们时就是如此。拉丁人用 colere 这个词表达"照料"的意思，这个词的动名词形式是 cultum，意大利语的 cultura 一词来源于此。cultura 有文化的意思。文化与消费文化物品没有关系。有人幻想，消费的书籍、音乐、画作越多，就越有文化。我认识不少人，他们消费大量文化物品，但却没有因此而变得更有人性，相反还常常因此感到自己高人一等。cultura 还有耕作的意思，就是照料农田，通过自己的辛苦劳作让农田结出果实。耕作意味着了解种子、垄沟、时令和人生的季节。精心照料才能让一切在恰当的时候结出果实。文化中既有过去和将来的现实主义，也有当下的缓慢，当下的缓慢是消费所不能理解的东西：消费要的是迅速和直接，不考虑激情和耐心。

世界应该知道你在一个单纯的春天里，在一个由月亮和星星主宰的单纯的夜空中，所发现的宝贵和脆弱的秘密。任何恋人都是这么做的：只谈爱情，不谈其他。事实上，为了不断更新你的心醉神迷，你常常在吹灭蜡烛之后从你的写字台投身于静夜当中。一旦你的眼睛习惯了那明亮的黑暗，你就会感觉到空间和时间进入了你的内心。平静的微风从海上吹到雷卡纳蒂的田野，抚摸着你的脸庞，你开始数天空的星星。在你那个时代，天空还没有被其他的光污染，你感觉到那无穷就是你的家。贾科莫，我从你那里学到了，在大海这面湛蓝天空的镜子不知疲倦、平静安宁地呼吸的时候，如何从窗户观看星星。我从你那里学到了，面对那些非人力创造但却能够给人以启发的东西如何惊奇。你立刻就感觉到，生活总是由少到多，只要看看种子在春天开花就足够了：诗人知道事物的未来已经隐藏在其源头。

青春期不是病

人在这个世界上最大的幸福，
就是平静地生活在他的状态中，
抱着未来肯定会更美好的平静希望。
这种非凡的状态我在十六岁和十七岁的时候有所体验，
我当时就抱着未来肯定会极其令人愉快的平静希望。

——

《杂感录》，1819—1820 年

亲爱的贾科莫：

你向我讲述了你的青春期，为我指明了青春期的本质。你让我认识到顺从出生的事实、顺从身处此地的绝对的不由自主需要勇气，特别是在体验到脆弱的时候。那是接受并承担起一种命运的勇气，也就是领悟是否和为什么值得活着的勇气。你告诉我，这种顺从不像心醉神迷是在一瞬间发生的，它需要四季的耐心，是一种终生学习的艺术。

没有必要压抑这一阶段所特有的过度希望，成年人常常对过度的希望不以为然，或予以批评。

实际上，孩子们有时候正是由于我们成年人才丢掉了那样的希望。他们害怕不能以你贾科莫所说的方式，也就是抱着"肯定而平静的希望"度过自己的十六岁、十七岁。他们深陷绝望的故事，任凭这样的故事压倒现实，压倒对可能性的探索，因为常常是应该见证未来的人没有命运，唯有找到自己的志向并身体力行的人才能激发志向。这些年在教书和与人接触的过程中，我见到不少孩子已经厌倦、疲惫，为单调所腐蚀，变得迟钝。他们的眼睛没有神，近乎衰老，虽然不是多数，但这样的人确实有。然而你教导我，不用费多大功夫就能让隐藏在灰烬中的火重新燃起。比如，只需引述一位诗人或一位作家的话，也许就是你说过的话，就可以发现为希望提供坚实基础的东西，让看不见的东西，如意念中的雕像、种子中的树、草图中的教堂、第一瞥中的爱情等，变成现实的东西。

一位十五岁的女学生说过的话，给我留下了深刻印象。当时她正在经历一个特别脆弱的时刻。我根据她的情况借给她一本书——《艾蒂·希蕾桑的日记》。艾蒂是个犹太女孩，她在日记中讲述了自己面对纳粹恐怖的成熟。纳粹的恐怖摧毁了她的躯体，但没有摧毁她的精神。艾蒂把每一个东西都变成生活，因为内心，特别是女性内心的每一个东西都可以变成丰富的生活。她甚至把死亡也变成了生活，在日记的最后写下一句深深刻在我的心中和头脑里的话："希望成为许多伤口的止痛膏。"女学生在读了这本书后给我写了封信："感谢您借给我一本如此宝贵的书。如果说我以前仅仅看到了生活中的白与黑，那么现在各种颜色都成了我的一部分。当然，我不可能不时常看到令我伤心的东西，但我不敢再归咎于生活，不再把生活看成是不公正的或坏的。我只是体验令人不快的事情，把我的痛苦交给上帝。艾蒂与我非常相似，第一次读她的话，我的感觉就非常好，仿佛那些话就是一面镜子，照出了我的思想。我把在我看来与我相近、与我此时此刻的感受相近的每一句话，都记在了笔记本里。我与艾蒂如此相近，真想与她交谈，告诉她我想听她对我说的那些事情。她那年轻的不安宁、力量、忠诚，特别是她对生活的不可阻挡的爱，让我受益匪浅。"阅读再次创造了一个空间和时间，让人们相会、建立联系并找到定义自己的词语，特别是在转化的时刻。人不仅是存在，也是形成。青春期比任何其他阶段更是形成。充分体验青春期就是要完整地经历给其带来无数疑问的危机。

作为教师和作家，我总会遇到各种各样的提问。这些年我正在收集整理各种提问。孩子们都问我什么问题呢？

如何生活，如何梦想，如何爱，如何找到上帝，如何找到自己的道路，如何不让痛苦压垮……于是我确信，青少年没有问题，他们就是问题。他们以自己的沉默重复着儿童所特有的"为什么"，只是在不同的层面：儿童问的是为什么有星星，青少年则问如何到达星星。

　　我还十分忧伤地记得与一位十七岁女孩的聊天。我曾到一座城市推介我的第二部小说。见面会结束的时候，一位女士走上前来告诉我，有位女孩非常想来参加见面会，但由于住进医院没能来。她患了厌食症，心力交瘁。那位女士求我去探望一下。我们马上就去了。

　　女孩瘦小纤弱，两眼并非完全无神，仍然充满着可能，但不再相信什么。她不让我谈希望、未来和美。所有那些她那个年龄所适合的东西她都不信，正因此她住进了医院，生命垂危，精神沮丧。我感到在我面前有一堵难以逾越的墙，那女孩的心躲藏在密不透光的黑暗中。当时我沉默了片刻，然后向她讲述了我的计划和我的梦想。为了让她笑，我还讲了一些我出过的丑。我们最后拥抱告别，我只告诉她，没有人能够代替她，她来到世上所能做的只有她自己能做，在那短暂的时间里她就是给我的礼物。泪水沾湿了她的脸庞，仿佛享受到一件奢侈品。我们后来没有再联系，但我希望那羞怯的眼泪代表着一个希望，标志着一个心结开始化解。

　　我收到过许多孩子的信，他们都被老师毁了。有的老师会对考试没考好的学生说"你什么也干不成"，或者在开学的第一天对满教室的学生说"你们人太多了，我要减人"。被毁的孩子们后来得到了其他人的激发和拯救，表现出先前意想不到的优点。

我还记得一个女孩，上了她的女老师的课以后感到很失望。女孩课间还在走廊里上意大利语课，老师是其他班级的，讲完课还留在走廊里解答学生的问题和好奇。正是由于走廊里上的那些课，女孩对意大利语课的喜爱超过了其他任何科目。还有一个男孩，深陷厌烦和无用感，一位老师激励他照料他人，结果在他进入一所智障儿童中心的那天，他感到自己的生命复活了，头一次理解了生命的脆弱和宝贵。

贾科莫，你也曾祈求帮助，你希望有人善于接受并指导你的生存方式，希望有人喜欢真实的你，允许你尽自己所能接纳你自己。一座图书馆已经不足以让你幸福了（正如当今的网络，虽然似乎容纳了整个世界，但也不够），为此你像每一个青少年一样寻找爱情和友谊。然而爱情只是无法实现的梦，你对邻家的女孩玛丽娅和泰雷莎或对像拉扎里伯爵夫人那样的成熟妇人的爱都是单相思，玛丽娅和泰雷莎后来变成了你诗中的奈里娜和西尔维娅。友谊似乎成了唯一能够满足你的愿望的方式，因为友谊可以向你打开文坛的大门，进而接触到名人。为此，你开始给那个时代的著名文人写信。当皮埃特罗·乔尔达尼看中了你的天才和孤独的时候，你惊讶已已。在著名作家的陪伴下度过青春期之后，现实的召唤越来越强烈了。你的父母无法理解你的脆弱，他们看到你沉浸在学习中感到欣喜，因为那正是莱奥帕尔迪家族的长子应该做的。他们没有意识到你另有追求。你缺乏温情，缺乏热情，缺乏每一个青少年都渴望的东西，那就是被爱的感觉。

"你那躁动的心总是感到巨大的缺失，一种没有达到期待的感觉，一种渴望某种东西、渴望更多的感觉。"（《杂感录》，1820年6月27日）人的内心总是有巨大的缺失，感到自己没有被爱的青少年的内心尤其如此。

只有心灵的专家、导师才能够照料和指导一颗燃烧的心，让它不再自我封闭、跟自己较劲，因为应得的爱，我们不容缺失一点。

在一次与高中学生的见面会上，我谈了这些问题。见面会结束的时候，一位女教师也许是为孩子们的热情担忧，说了一句话："青春期是很重要，但我们也不能高估了它。"这句话也许流露出一种害怕的心理，害怕进入教育的竞技场，不愿尊重这一阶段所特有的极端乃至艰辛。我们成年人总想控制青春期，以为这是教育的捷径，然而人生的这一阶段渴望自由，想要的不是控制，而是开放、接受、肯定、目的地、目标。这些东西都是对极端的天然限制，有助于青春期找到自我定义的界限，特别是找到其最真实的形式。普利西神父在组织被他称为"神召营"的活动时实际上是这样命名的："是的，但朝何方？"这句话既包含着对每一个孩子的实际状态的完全肯定，也包含其对某种东西的倾向。［意大利语单词adolescente（青春的）就是指朝向圆满的牵引。］

然而如果没有心醉神迷、召唤、目的地，教育就会逃避到控制、强制、禁止中去，孩子们实际上不懂这些东西。

贾科莫，你以你的痛苦教导了我，让我懂得不能指望控制我的学生，不能低估他们的十六岁或十七岁，要认真对待他们的过度并加以引导。过度有时会破坏稳定，是错置的过度毁了你的健康，是得到正确引导的过度拯救了你的生活。希望之火和绝望之火都在青春期的过度中显现和隐藏。

一种火创造，另一种火摧毁。一种火用来软化、锻造和淬火钢铁，另一种火用来燃烧树林和图书馆。

然而都是火。

感受问题

我是什么?
——
《一位亚洲游牧人的夜歌》

亲爱的贾科莫:

当今这个时代,议论青少年的很多,但与青少年交谈的太少。与青少年交谈不是罗列一堆"你应该"。要赢得孩子们的信任,不能靠模仿他们的青春期,而要参与他们的生活,要逐一选择正确的距离。只有体验他们的心醉神迷才能产生心醉神迷,激发命运。只有我知道我要为世界做什么,我才能将青少年置于正面的危机中。青少年要的不是向他们解释生活,而是生活在他们的内心展开。他们希望身边有可靠的人陪伴他们航行。如果一个成年人回过头去做青少年，那是欺骗孩子们。他们会想，长大成人就是期望回到过去，或感受对过去某种东西的惋惜。青少年希望有自信，我们应该帮助他们建立自信，接受他们的现状，不让他们背负各种想象的和难以达到的"我"。为此，他们应该在我们身上找到有自信的人，也应该看到我们的脆弱、力不从心、失败，总之，我们的局限。贾科莫，你也曾经为不放弃你的自信和你的志向而奋斗。

这一代青少年比上一代青少年更敏捷，他们在更少的时间内接触到更多的世界。他们知道的事情比我这一代人多，但他们有一个弱点：他们解码信息的标准少，不知道从哪里下手抓取世界，他们常常误解现实，就像穿一件 T 恤不分正反和里外。他们要经过反复尝试，不气馁，才能找到解决方案。我们给了他们一切，让他们享受生活，但我们没有给他们一个体验生活的理由。我们混淆了幸福与福利，混淆了梦想与消费。

结果就是，一代人迷失在厌倦的沙漠中，追逐感官的绿洲。他们感到自己被一切抛弃，陷入补偿深度孤独所必需的情感幻景中。他们的孤独不是诗人的丰富孤独，诗人远离世界是为了充实自己，增加对世界的爱。不少仅仅通过我的作品而认识我的孩子向我吐露心声，我因此见证了他们的孤独。于是我自问，难道他们身边就没有人关注他们吗？我注意到在那个适合于英雄主义的年龄里有一种投降的倾向。事实上，那些仍未放弃奋斗的人感受到强烈的痛苦，他们失去了本来属于他们的东西，又不知道怎么办：一种迷失的感觉。然而这种痛苦，如果他们决定置之不理或任其生长，就是他们的希望，因为痛苦磨砺渴望，磨砺需求。一次，一位同事批评我说："学校教育必须播种怀疑而不是确定。"我认为学校教育不应在怀疑与确定之间选择，而应该在自由与奴役之间选择。这不是播种确定，而是鼓励沿着真美善的方向运用自由，以扩大真美善的活动半径。这三样东西让一个生命被感动，让一个生命感动人。如果我们没有最起码的确定，我们为什么要讲授莎士比亚、荷马、但丁呢？为什么要讲授物理学规律呢？为什么要讲授星星和细胞的生活呢？我们讲授这些知识就是因为我们认为这样做有助于在世界里辨别方向，有助于居住在这个世界，包括在它不那么好客的时候。

我从孩子们那里收到成百上千的"难以回答"的问题，那些问题也是我的问题，我也在寻找答案的旅行中。只有让问题保持鲜活，答案才能到来。生活从不吝啬解答，只要向它敞开，提出确切的问题。

"为什么会发生这一切？"这是一位女孩子的问题，她的母亲身患肿瘤。

"如何发现生活的梦想？"一位深受厌倦折磨的男孩问道。

"我怎样才能不荒废我的青春？"这是一个沉溺于消费主义的男孩问的。

"我如何才能再去爱？我就是爱不起来了。"一位女孩悄悄地问我。她因遭受强暴而痛苦，这件事没向任何人吐露过，连她的父母都不知道。

"在奸猾无耻的人当道的世界里如何运用自己的最佳资源？"一个心灰意冷的男孩问。

"如何面对自己不漂亮的事实？"这是一个缺乏自信的女孩。

"爱永远只是幻想吗？"这个女孩的父母相互仇视。

"我为什么要停止割伤自己？那是避免伴随着我的更大痛苦的唯一方式。"一位自伤的女孩问我。

"如果连老师都不相信，我们如何做到喜欢学校的课程呢？"我认为这是问得最多的问题之一。孩子们寻找的是美的见证人，而不是根本不信任美的老师。

"如何才能相信上帝？"许许多多的人当着成百的同龄人问我这个问题，没有任何难为情。

家长们常常处于尴尬境地，因为他们同我一样对许多问题也没有答案。他们会因此而躲到事务、责任、工作、物品中去。然而结果已经就是问题。秘密在于，孩子们知道不必独自背负这个负担，大家可以一起开始通向答案的旅行。

青春期就是未定型寻找定型的阶段，混乱寻找秩序的阶段，希望寻找体验的阶段，不可能寻找可能的阶段。贾科莫，是你最先意识到这个阶段的，你通过你诗歌中的人物以问题的形式表达了未定型的希望和害怕，你虽然没有提供答案，但你不熄灭问题，而是感受问题：萨福和游牧人的问题，奈里娜和西尔维娅的问题，蓝矶鸫和朝圣者的问题……[1] 正因为你的诗歌喊出了沉默的心声，所以成为工具，帮助人们面对日常生活，接受日常生活的光明与黑暗。你在生活的迷宫中展开了阿里阿德涅线团[2]。迷宫的构造有多复杂并不重要，重要的是那条引导线有多结实、有多长。一名作家的神奇任务就是既讲述迷宫，也讲述那条线。

告诉我，你是如何做到在生活中前行的？你如何忠实于你的心醉神迷？如何不断地希望而不迷失自己，不让自己被生活强加给你的限制压倒？你如何让你诗歌中的所有问号保持鲜活？

---

1. 萨福、游牧人、奈里娜、西尔维娅、蓝矶鸫、朝圣者都是莱奥帕尔迪诗歌中的人物或动物。

2. 阿里阿德涅线团（*Ariadne's thread*），出自希腊神话故事。

那个倒霉蛋莱奥帕尔迪

这个和其他悲惨境况把幸运置于我的生活周围，
赋予我智慧和心灵的开启。
————
《致皮埃特罗·乔尔达尼的信》，1818 年 3 月 2 日

亲爱的贾科莫：

　　我在开讲与你有关的课程时没有说你是谁，我只是说现在是阅读最伟大的现代诗人的时候了，这位诗人把一切限制转变成美，他在我面前这些孩子的年纪时，就很清楚这就是他的志向。

　　有那么几秒钟，孩子们睁大眼睛看着我，等我说出名字。这一代人对新事物的注意力一般就持续这么几秒钟。我没有说出你的名字，于是他们开始猜测。当有人猜到时，马上就有一个声音说："不，不会是那个倒霉蛋莱奥帕尔迪，绝不会是！"对不起，他们

都是无知的年轻人，总是借用陈词滥调来表达思想。不过，贾科莫，我倒希望他们使用那个形容词，因为这个词揭示了它所隐藏的全部恐惧，那是一种文化的恐惧，对于这种文化来说，谁探寻事物的意义谁就是"倒霉蛋"，就像谁没有完美的躯体谁就是倒霉蛋一样。你当真是一个人见人躲的倒霉人吗？老话说"驼背者有福"，你真的有福吗？的确有人用你的驼背而不是你的心醉神迷来解释你的诗歌。你死于呼吸系统疾病，弯曲的躯体压迫了你的心脏。你从未找到与你的爱恋相称的爱情。总之，你是年轻人的楷模，但没有任何年轻人想效法你。是真的吗，贾科莫？你是自我辩护还是让我为你辩护？

你可以自我辩护，但我应该缩短我学生的铠甲与你皮肤之间的距离。我应该劈开那恐惧的盔甲，让他们懂得，生活中要学会的艺术不是如何战无不胜、如何完美，而是懂得如何接受不可战胜的脆弱和不完美。为了劈开他们的铠甲，我需要一把淬过火的利刃。我会像握着一把利剑一样紧紧握着你高声朗读，仿佛是你本人在抑扬顿挫地高声朗读：

> 这个和其他悲惨境况把幸运置于我的生活周围：赋予我智慧的开启，让我看清楚它们，让我意识到我是什么；赋予我心灵的开启，让我的心灵明白欢乐不适合它，让它仿佛穿上丧服送走永久相伴的忧愁。

《致皮埃特罗·乔尔达尼的信》，1818 年 3 月 2 日这样一个孩子，能够接受自己的不幸并把不幸变成开启头脑和心灵的跳板，谁有胆量称他为倒霉蛋呢？有谁能像他一样如此勇敢地面对生活，以忧愁为伴，并创造了如此多美呢？我停顿了一下问道："你们能够把生活的痛苦、失败和不堪变成诗歌吗？你们能够从你们那或多或少是幸运的命运中汲取营养，把它变成不朽的杰作吗？"

　　听到你的文字，课堂肃静下来。我们明白，同你开不得玩笑，不能太庸俗。就这样，我们正是从不幸之门进入了你的伟大。贾科莫，我看到他们醒悟了，因为我们每个人内心都隐藏着不幸的房间，在这个房间里脆弱和不堪是显而易见的。他们放松了警惕，因为文学的任务就是让人变得更真实，剥离让人疏远自己、疏远生活、疏远他人的谎言。于是，平静下来的激情复苏了，自己的独创性复苏了，担心自己不行的恐惧退缩了：

　　　虽然伟大、美好、鲜活在这个世界上熄灭了，但我们心中的向往没有熄灭。所获可以剥夺，但愿望不会剥夺，也不可能剥夺。年轻人的热情没有熄灭，他们的热情推动他们追求一种生活，鄙视碌碌无为和一成不变。

《杂感录》，1820 年 8 月 1 日

　　生活、幸福、爱情的愿望是年轻人（乃至所有人）心灵的基

础，已成为不可熄灭的天然物质。你在 1820 年的另一段日记中写道："当这种愿望没有被引导到建设世界和建设希望的方向时，它就会'转圈、蛇行并像电火一样暗暗吞噬'。这种火不再是加热和发光的火，而是迟早会'在雷阵雨和地震'中爆发的火。"今天，我十分清楚地看到这种能量消散于无形。我见过成百的孩子，给我写信的孩子也以百计，他们不知道为了什么要拿他们内心感到的那个无穷做赌注，他们对此感到厌倦。他们要的是计划，而不是什么东西。当我们竭力用东西满足他们的愿望时，他们却要他们的愿望所包含的内容，那就是把不可能变成可能的希望。

也许，事实上从你年轻时到现在没有什么大的改变。当我要求孩子们定义青春期时，他们说青春期就是面对生活、建设生活的"能量"。这就是我在他们身上看到的第一个东西，按照你曾经下的定义，就是创造力，这种创造力为引爆痛苦或欢乐而释放，为逃避"碌碌无为和一成不变而释放，它在如武器般紧握在手里的词语中找到形式"。有一次，一个男孩对我说："读了您的书，我的心中燃起一团火，我对自己说我就要这样生活。现在，您应该向我解释为什么会发生这一切。"

青春期就是这团火，它只想燃烧激情，有的时候甚至因为缺乏燃料而燃烧自己。这团火存在，我看到它了。它是生活之火，可以转变成摧毁，甚至自我摧毁，但不会熄灭。即使看上去熄灭了，减弱了，为玩世不恭和缺乏希望所吞噬，最终还会以爆炸或裂变的形式重新出现。用你的话说叫"雷阵雨和地震"，我则称之为依赖、暴力、逃避、自残、自杀、饮食紊乱等。

这一代人想要的不是导师，而是见证人。因此，贾科莫，你应该帮助我。激情的复苏靠的是那团火，而不是点燃激情的指南。这一代年轻人已经不再阅读指南，他们希望立即投身进去，用莎士比亚的话说就是"燃烧自己"。

点燃并加速希望

发现道路打开，
我以最快的速度奔过去。
——
《杂感录》，1819—1820 年

亲爱的贾科莫：

当你进入课堂的时候，我还上演了另外两个仪式。第一个是演戏。我喜欢想象一位作家走进课堂时会如何表现：但丁会挨个儿看着我们，什么话都不说，用他那犹如深渊的深邃眼光让我们所有人不知所措；彼特拉克开始讲述他自己和他此时此刻所关注的事情，声音低沉；塔索搓着手，等待我们提问，他也许不会回答我们的问题；你呢，贾科莫？

你会推开窗户，边深呼吸边看着外面，然后转过身来，让我们也朝外面看，以此提醒我们有个"外面"，这个"外面"由天空、树木、屋顶、山峰、声音等东西组成，那是在限制中沸腾的无穷。你会向我们讲述那些东西如何让你心醉神迷，你如何毕生寻求达到它们的深处，首先必须在你心中用适当的语言创造它们的深处。你会问我们，我们接触这个如此丰富、如此充满可能性的现实有多深入。你会表现出你对生活的全部激情，尽管你的躯体似乎拒绝了你。我们所有人不是嫉妒就是惊奇：同样的东西我也看到了，可他是如何做到在这些东西中找到这一切的呢？

你从那扇窗户向外眺望，用你的诗句迫使我们接受知觉的再生。激发知觉的再生，只需剥去一朵玫瑰的花瓣，或用心翻阅一本书：

> 是什么激发了人的这些情感？是最纯粹的大自然，纯粹如现在，纯粹如古人所见，不是故意谋取的，而是自发来到的自然境况，如那棵树、那只鸟、那首歌、那座楼、那片密林、那座山，一切原原本本的，没有雕饰。山根本不知道要激起这些情感，其他东西达到我们也不是为了激起这些情感。总之是这些东西，总之是大自然本身，凭借它固有的而不是从别的东西那里借来的力量唤醒了这些情感。
>
> 《杂感录》，1818 年

不仅玫瑰的香气有这个能力，书卷的香气也有这个能力。在雷卡纳蒂你的家中就发生了这样的情况。你的目光交替投向田野和书页。父亲的大图书馆是要探索的大陆，要漂渡的海洋。你年复一年地在你的日记里记下了你读过的书名，书单之长、种类之繁，给我留下深刻印象。书单透露了你对现实每一个方面的激情和你广泛的兴趣：你热爱科学和文学，热爱作为物体的星星和作为神话的星星，热爱作为行星的月亮和作为忧愁的月亮。你在书页和夜空中挖掘，希望找到幸福和未来的秘密。

　　你在十三岁至十八岁，独自或借助很少的帮助学习了希腊文、拉丁文、希伯来文、英文、法文、西班牙文……你不是为了完成作业和答题，你只是想了解你自己和世界。你的好奇永不满足，你的激情无与伦比，为了寻求拯救，你毁了自己的健康，就像寻找光的飞蛾因过于着急烧毁了自己的翅膀。你写了第一批随笔赠送给你的父母，你趁墨迹未干，记忆你想学习的那些语言中的单词。你在学习过程中写出了《关于古人流行错误的随笔》，其内容就你的年龄而言是非同寻常的。从这部著作可以感觉到，对真理的追求和对人的好奇是你全部读物的北极星。那些年里，你还开始写一部题为《关于孤独的爱》的随笔，这部著作后来没有完成。你写了你的第一部诗作《关于埃托雷的死》，这部诗作受早年阅读荷马的启发，献给一位既强大又脆弱却不能逃脱既定命运的英雄。当儿子因闪闪发光的头盔受到惊吓时，他对儿子的爱抚也许会成为文学中描述英雄般脆弱的经典。你还着手写作

《天文学史》，确信天空中的星星和月亮都是征兆，预示着一个不能不理会的奥秘，它们都有什么东西要向你透露。

你一整天一整天地待在父亲的书籍中间，仅仅给你那疲倦的眼睛一个小时的休息时间。你的弟弟卡尔洛经常撞见你在深夜就着微弱的烛光跪在一本书前。你假装找到了古希腊作家遗失的诗作，翻译那根本不存在的原作。你在一封信中既描写了你在大自然面前的心醉神迷，也讲述了书籍，特别是诗集在你心中激发的东西：

自我开始懂得一点美以来，是那些诗人给了我最强烈的热情和愿望，让我一心想把我所读过的东西翻译出来，变成我的；是大自然和激情给了我最强烈的写作狂热，仿佛我的灵魂的所有部分都放大了。我对自己说：这就是诗歌，要表达我的感受需要诗句而不是散文，需要献身于作诗。难道她不让我再读荷马、维吉尔、但丁以及其他顶峰了吗？我不知道我是否能够克制住自己，因为读他们的诗，我感到一种无法用语言表达的愉悦。我常常静静地待着，什么也不想，听着我的某个家人随意为我朗读的古典作家的诗句，感觉自己不由自主地追随着那首诗。

《致皮埃特罗·乔尔达尼的信》，1817 年 4 月 30 日

是书页和自然的美加快了你内心生活的节奏，你的内心生活

在其最深的志向中复苏。一位少年在发现了自己的心醉神迷以后不知疲倦，他在标记着可能的地图中隐约看到了愿望的港口，为了到达那里，他学习一切有用的东西。你还懂得，书籍和大自然本身决定不了我们的激情。它们只能在我们与它们接触的时候唤醒我们的激情：

> 无论如何我发现，读书并没有真正在我内心产生爱或我没有的其他情感……不读书，这些情感不一定会产生，但读书加快了这些情感，让它们发展得更快……发现道路打开，我以最快的速度奔过去。
>
> 《杂感录》，1819—1820 年

你懂得，人的生长不仅像玫瑰一样是机体的，而且还是内在的：有跳跃，有觉醒，有加速。你知道痛苦、爱情、梦想和阅读如何"加速"一个人，如何唤醒一个人，如何将一个更丰满的人交还给他自己。

我的学生们明白了，由于你，他们那些让屏幕麻痹了的感官将被归还给自己，读书可以加速自己的完成。到这时，他们就放松了戒备，终于愿意听你说了。

在你死后近一个世纪的时候，阿道司·赫胥黎的《美丽新世界》问世了，我非常喜欢这本书。赫胥黎想象了未来。按照他的描述，这个新世界建立在消费的基础上，孩子们不再出生在家庭里，而是出生在试管中，对他们的教育依照一个确保新世界平衡的控制系统进行。为了强迫他们仇恨妨碍商品消费的两样东西，把他们引入装满玫瑰和彩色书籍的房间。一旦他们开始翻阅书页和剥花瓣，天花板上的报警装置就发出震耳欲聋的声音，地板开始放电。孩子们疯狂喊叫，避开给他们带来痛苦的玫瑰和书籍。所有这一切，间隔一定时间重复一次。一旦他们长大，他们就会本能地回避大自然和书籍，也就是回避现实。按照孵化和控制中心主任的解释，凝视大自然和读书都是不产生消费的习惯。

这一场景让我想到，学校应该是这样一个地方：能够把玫瑰和书籍归还给上学的孩子，能够粉碎由消费社会引发的巴甫洛夫机制。这个机制迫使孩子们不去想自然和书籍，不去想现实及其意义，其原因正在于孩子们常常一想到这些，就会联想到报警和电击，也就是厌倦、失望、恐惧、没有意义的义务和没有答案。

贾科莫，没有玫瑰和书籍，我们就会迷失，那是因为我们失去了一个机会，没有体验到能够引爆幸福的惊奇。在那座面向田野的图书馆里，在头顶星星散步的过程中，你找到了你的玫瑰和书籍。你纵情于你的玫瑰和书籍，直至几乎失去了健康，因为你无法放弃忠实于你自己。希望是一种有其代价的艺术。

保留童年，但不幼稚

只有终生都是孩子的人才能活到死。

——

《致皮埃特罗·乔尔达尼的信》，1819 年 12 月 17 日

亲爱的贾科莫：

为了让青春期通向心醉神迷，必须先完成前一站，即童年。如果低估甚至忽略人生的一站，就要在其他年龄段花费时间找回它。要充分体验青春期，就必须倒退一步，看一看童年有什么我们不能失去，但不能因此而幼稚。

你给我写过，一个人的童年如同一个人群的童年，损害那个年龄也就损害了一个孩子、一个人群的全部创造力和生长力，因为创造和生长是一回事。你给我写过，童年没有任何东西对于我

们来说是无所谓的，这就是那个年龄的秘密。每一个世界都是要探索的家，不管要打开的房间是不是友好的：

> 因为古人是什么样，我们所有今人就是什么样；世界在过去某个世纪是什么样，我们今人某年就是什么样。我指的是儿童，他们也有那种无知、那些恐惧、那些欢快、那些信念，还有那无边无际的想象。雷、风、太阳、行星、动物、植物、旅馆的墙壁，所有的东西不管对我们是友好还是敌对，都无关紧要，没有意义……有时是东西的颜色，有时是光，有时是星星，有时是火，有时是虫飞，有时是鸟鸣，有时是清泉，一切在我们看来都是新鲜的、不同寻常的。我们不忽略任何偶然，不习以为常，不知道任何东西的原因。我们随心所欲地想象，随心所欲地美化。当眼泪每天都有的时候，当激情澎湃并唤醒的时候，它们就不会强制压抑，就会大胆地爆发出来。
>
> 《一个意大利人关于浪漫诗歌的演讲》

你小时候喜欢躲在自家的阁楼里玩光和影，用被子遮挡从窗户进来的晨光，让蜘蛛网般的光线渗透进来，为一场内心戏的人物充当背景。这些人物最终有可能从内心走出来。那时你的爱好已经清晰，你要在阴影中寻找光明，在光明中寻找阴影。你善于让光明和阴影相互交织，你感觉到真实将从那黎明的游戏中浮出。你的童年持续到十一岁，在那个年龄之前你把好奇心对准自然界的东西，对准游戏和兄弟。到了十一岁，你躲进图书馆，以同样的好奇心吞食人类知识。你是带着甜美微笑的孩子，有时忧愁。你睁开惊奇的蓝色眼睛看世界，进而也看世界的伤口。世界的伤口仅仅瞒得过肤浅的眼光。事实上，你不能容忍的事情之一就是父母打断你与小朋友的游戏叫你回家。结束欢快的游戏让你难过，甚至沮丧和流泪。充满那个年龄所特有的魅力的想象能够在所有东西中找到好玩的，你把这种想象比作鸟的想象，而不是"但丁和塔索所拥有的深奥、炽热和剧烈的想象，但丁和塔索的想象是悲哀的天资……而鸟的想象丰富、多样、轻快、变化无常和幼稚"（《道德小品》"鸟的赞歌"）。

贾科莫，我相信我们这个时代的残缺的成长，有许多恰恰来自没有培育孩子们的想象力，他们因为见得太多而厌倦使用这种想象力，他们因为拥有得太多而厌倦希望。在他们的日子中，在他们的身体中，在他们的心中和头脑中，不再有自由的空间。想象力取决于剥夺，正是被剥夺了什么东西促使孩子探索别的什么东西。拒绝再给他一碗冰激凌，他就会转而去发现爸爸在他眼前摇晃的钥匙串，抓住钥匙串往嘴边送，以此了解一个新的现实，并以此为跳板追寻别的故事。愿望是移动的，剥夺（有时是失去，有时是缺乏）产生新的需求，现实以出人意料的方式回答，这就是新的创造、新的成长的源泉。

你想想，在我给你写信的未来，为了向小学生解释如何制作面包，可以把他们带到一所自然科学博物馆里，里面有一间大厅复制了一块麦田，麦田是假的，在假风的吹动下散发出假麦子的香味。一块缩小的特殊效果麦田。我认识一个女孩，她确信鸡蛋生长在超市的货架上。我们在同自然景观、自然万物的接触中失去了某种东西。自然万物绝不会骗人，当有人问亚里士多德从哪里学到了他所知道的全部真理时，他回答说"从万物，因为万物不会说谎"。说谎和假装的是人。

你呢，整个童年都从大自然的真和美中汲取营养，所以你的诗句中居住着保存在记忆里的东西，那是你这样一个孩子的想象力的颜色和纯真，是对生活强加给你的剥夺的回答。一个诗人不会在十八岁时一蹴而就，但到了十八岁就会发现他想保持他有可能失去的童真的目光。因此，你的诗歌与你同时代同乡们的诗歌不一样，你也接受人人熟知的日常和脆弱事物：麻雀、牧人、羊群、工匠、月亮、花、小伙计、歌曲……

很少有人承认你的伟大，因为多数人只会像成年人一样推理，不能容忍拿这些小东西作诗。你却童心依旧，把你的诗句变成忠实于万物的行为。你像所有儿童一样相信日常，相信片刻，你以此革新了诗歌。你抓住现时和未来，为你从小看惯的东西找到新的词语。你给它们起名字，为它们做翻新，给予它们应得的照料，让它们能够追忆一个失去的，或者也许是被许诺的天堂。你的诗歌能够归还希望，包括对忧愁的希望，因为你的诗歌发现并讲述万物所富含的美。必须每时每刻地体验美，包括在最黑暗的时刻，否则任何人都不会产生希望。

只有美能在人的头脑和心中创造希望。美创造希望的方式有两个：壮丽和朴素。壮丽和朴素看似矛盾，其实只是两种表现形式，都表现存在的丰满、完成和兴旺。每当一座山峰的轮廓出现于天空，每当一个微笑浮现于一张脸庞，改变了人的容貌，我就会产生希望；每当大海像拉链一样将天和地联结在一起，每当一个抚摸将两个人联结在一起，在接触中向一个存在显示它的脆弱是一个惊奇，我就会产生希望；每当一片密林向穿行的人透露自己几十年耐心完成的秘密，每当眼睫毛因惊异、因爱情而更密集地眨动，我就会产生希望。

有什么东西比星星更壮丽，比其光芒更朴素？生活绝不贫乏，贫乏的是我们的眼光，我们因没有激活我们更深层的内心空间而无法从多个层面观察现实。现实只回答适应它的人，儿童则最适应这种壮丽的朴素。

我们如何才能培育想象力，完整无缺地保持那个失去的或被许诺的天堂的魅力呢？你是如何做到终生保持鲜活的想象力，让你写下的每一个诗句由此涌出的呢？

作为作家，我经常听到有人问我如何做到杜撰这么多的事物、人物、事件和情节。这些都是在哪里找到的呢？是什么滋养了我的想象力呢？多数人觉得想象力是一种魔法，可以克服纯真书页的困窘。

这个问题混淆了幻想与想象。拥有幻想力的人很少，但所有培育想象力的人都可以拥有想象力，想象力是成长和生活的必不可少的工具，犹如水于种子。然而，虽然儿童既有幻想也有想象，但艺术家却懂得如何区别二者，并且更倾向于想象。想象只是一种充分运用感官认真观察的方式。农夫在种子中看到玫瑰是想象，而不是幻想。想象不过是不断地通过五官平静地思考万物，继续隐秘地勾勒走向完成的万物。想象不是逃离现实，而是现实的充分浸入和渗入。

贾科莫，月亮、麻雀、羊群、姑娘、篱笆、灌木丛足以让整个宇宙的歌声回响在你的耳边。只有儿童能够做到，他们拿扫把当马骑，把自己的帽子当钢盔戴，拿自己的铅笔当剑挥舞。

有人给我讲过一个小学女生的故事。她在学校整整一天都表现得多动，只有一个小时能够找回她自己，那就是绘画课。那是她与周围世界唯一的和谐时刻，她极其自然地沉浸在画纸上，整个身体都投入到艺术创作中。有一天，老师已经宣布下课，让交作业，但小女孩继续埋头画着，好像进入了另外一个时间和空间。见那女孩不听话，老师有点不耐烦，走上前去想看看她这个学生在搞什么。

"我正在画上帝。"女孩说，眼睛并没有离开画页。

老师笑了，以讽刺的口吻说："可没人知道上帝什么样，没人见过上帝。"

女孩沉默了片刻，然后边继续画边说："您稍微等一会儿，就能看到上帝什么样了。"

在这个机器生产东西的时代，我们往往觉得创造过程是理所当然的。我们忘记了，万物的价值和我们理解万物（喜爱和了解）的可能性不仅掩盖在它们的存在中，而且也掩盖在耐心中，掩盖在对时间的抵抗中，掩盖在万物的历史中。画家画的不是他看见的，而是他最终会看见的。男人爱女人是在他学会爱她之后。创造是为了发现为什么会如此。一切横亘在我们和最初的预设目标之间的困难都是成长和体现看不见的东西所必需的。

劳动产品不比劳动本身更重要。怀孕的母亲懂得，播种的农夫懂得，寻找道路体现其直觉的艺术家懂得。艺术家边做边了解、发现。儿童也是如此，对于他们来说，游戏与了解世界是一回事。不幸的是，后来的学校教育引导他们把做与了解几乎完全分开，训练他们仅仅通过知识了解世界和人，迫使他们只是到了长大成人的时候，并且只有具备勇气、时间和运气，才能恢复与世界和人的"天然"关系。想想爱因斯坦或毕加索就足够了：爱因斯坦上学时数学成绩很差，毕加索曾说他长大成人以后不得不像小孩子一样重新学习绘画。

艺术并不模仿自然，不寻求复制自然。艺术模仿的是自然生长的过程，浓缩自然中让持续不断的生活流消耗或掩盖的东西，使之可见和可居住。"更何况诗人选择物体，将它们置于它们真实的光芒中，并以其艺术让我们准备好从自然中的任何地方接收它们的那种印象。各种各样的物体都是混在一起的，常见就不在意了……要让它们产生那些情感就必须正确认识它们。"（《杂感录》，1818 年）凡·高的画作让我们可以在一瞥中拥抱星空之夜的神秘。莫扎特发现了寂静的秘密和时间不停流逝的意义。诗人发明了各种比喻，用以命名难以言说的事情，如心的烧热、膨胀、收缩、破碎、战栗等。

贾科莫，这是你给予我的最伟大的授课。你从未停止想象，从未停止忠实于万物，把它们引向丰满，从而创造。你知道，创造是一种理解世界和人并让他们成长到完成，也就是成长到幸福的方式。

　　要么想象恢复其活力，幻觉在一个活跃多变的生活中变成现实，生活从死气沉沉回归生气勃勃，万物的伟大和美重新得到体现，宗教恢复其声誉；要么这个世界变成绝望者的聚居地，甚至也许变成沙漠。

　　　　　　　　　　　　《道德小品附录》"关于自杀的片段"

贾科莫，如果我们所有人都学会这么做，那我们的生活不就更幸福了吗？

　　感谢你提醒我，想象不是诗人所特有的东西，而是人所特有的东西，人可以把每一个行为都变成诗，也就是变成完成。忠诚的爱情是诗，美味的菜是诗，动人的解释是诗。你这一课让我每天在课堂上都受益，我必须让我的想象为我的学生们那些幼稚的小脸服务，努力看到因隐藏在他们那尚未定型的存在背后而看不见的东西。这就是我的职业的诗：想象他们的完成，但也深知只有到最后我才能发现我在那些肉体和精神的杰作中感觉到的东西是什么。他们是我的新书图书馆。

青年艺术家的画像

开始像孩子一样思考和受苦后，
我完成了一个漫长人生的灾祸课程。
——
《致皮埃特罗·布里根蒂的信》，1820 年 4 月 21 日

亲爱的贾科莫：

我在开始讲授一位新作家时会给学生看他的照片或画像，把他的眼睛、耳朵、嘴、鼻子、头发、前额、目光与他生活中的事件联系起来，以此帮助他们把事件固定在那位作家的肉身上，固定于面容和身体的形态中。这就形成了一张灵魂的地图。这样，他们的印象就更深，他们就更接近那些作家。其实我们所有人都是通过五官认识人的。描绘变成有力的比喻，变成一张内心世界的地图。

我在这本书的开端放了一张你二十岁的画像，你那时的面容总让我产生一种模糊的感觉，多年之后我才明白为什么。在画家固定在画布上的形象中有某种双重的东西。一个惊奇的孩子的脸，红润的面色让人想起春夜的月亮或蝴蝶，蝴蝶那淡淡的颜色留在敢于接触它们的指尖的皮肤上。一只宽阔的耳朵收集着世界的歌声，由于前额高，耳朵的位置显得很靠下。鼻子很长，嘴巴大而性感，近乎女性。蓝、绿、灰色的眼睛极力向光敞开，然后又不得不避开，就像一扇向一个灵魂敞开的窗户，而那灵魂像一只躲在窗台后面的猫一样随时准备逃脱。你的前额宽阔，太宽阔了，几乎占据了脸的一半，包藏着一个用之不竭、好奇无限的大脑。一颗同样宽阔的心，虽然看不到，但反映在那双镶嵌在脸中央的清泉般清澈的眼睛里。是的，因为眼睛的根在心里：一颗炽热、极其炽热的心。仅仅一副面容反映不出太丰富的思想和太大的心。头发犹如一个点燃的心灵的火焰。所有这一切都是可以看到的。我们看到了你这个做梦的和忧愁的孩子，看到了你这个躬身于书卷的青少年，看到了那只在夜间不顾一切寻找光的蝴蝶。是你自己以这样的词语定义了你的面容：

　　　　孩提时，也包括晚些时候，我的面容有某种忧愁和严肃的东西，由于没有丝毫矫揉造作的忧伤，给了我的面容以优雅（和冷酷，现在则变成了忧伤的严肃），如同在我当时的一张画得很真的画像中看到的那样。

《童年和少年的回忆》

你那如同每一个青少年一样正在发育的身体因那些年"疯狂而绝望的学习"而遭受致命打击。然而在你那因为学习而毁坏的身体里，在你那双因长久看书而衰弱的眼睛里，一个寻找惊奇的寻找者在持续跳动着。

此外，我也不知道为什么，既吸引我同时又推开我的是那张脸庞的两边不对称。在别的画像中可以更清楚地看到这种不对称，但别的画像都不像这张画像能够抓住那朴素的身体外形所遮盖的东西，那也是我们所有的人身上所带有的东西。没有任何人的脸形是完美对称的，就连维纳斯也是把其美的秘密保存在那双不对称的眼睛中。

当时我做了一个试验。我以鼻子为分割线遮住了你的右半边脸，我看到了一张脸，而当我遮住左半边时，我看到了另一张脸。你的左眼稍小，左半边脸显得严肃，而右半边脸则是微笑的：是那种在睁开之前克制了片刻的微笑。贾科莫，你有两个面孔，不是一个。一边是那个认真学习、目光如炬、关注一切的年轻人，他燃烧着缜密的思维，燃烧着他本身带有的全部忧伤，燃烧着那只孤单的麻雀、那个游牧人和那个旅行的冰岛人所带有的孤独。另一边是那个充满欢乐、扑向无穷的孩子，渴望欢愉，渴望那个小女佣、那个小伙计和那个幼稚的西尔维娅所拥有的对欢乐生活的欲望。

　　我的教师职业训练我"倾听面孔"，因为面孔可以泄露人的内心生活。你的面孔的两边显示了两个年龄：童年和青少年。前额和眼睛两个区域显示了两种生活：心灵的生活和头脑的生活。前者用它的望远镜追逐美，后者用它的显微镜追逐真。对于一个完整的人生来说，二者都是极其严肃的任务。所有这一切让我感觉离你很近，你那画在脸上的灵魂的不对称也是我的，也许是每一个人的。

　　因此，凭着那脆弱残缺的美、混杂在一起的惊奇和忧伤、居住于我们的心灵和头脑中的着魔和清醒，你很快就与读你的人成为朋友。有的人不仅希望用理性照亮人生，而且希望用心灵感受人生。你的不对称就是这样一些人的两极对立。你的画像说得明白，我们不断在头脑和心灵这两极之间摆动，我们生活的危险、奥秘和伟大都包含在这一运动中。

　　这两极自古以来把人的灵魂和躯体分离，而你则竭力把这两极合并在一起。你时而追随心灵，沉浸到它的领域，发现它需要理性，否则它就会在单纯的想象中耗尽；时而又追随理性，发现了需要浸润的荒漠，必须由单纯理性以外的某种东西来滋润。你发现生活依赖这两极之间的张力，依赖这两极之间持续不断的和必不可少的交流。我们的躯体和精神就处于这两极之间，我们的躯体和精神相互拉抻，相互压缩，或消失于幻想之中，或被严酷的现实击碎。告诉我，你是如何做到既分属于两个世界又创造一个新世界的？如何做到不死于现实？如何做到不消失于想象？如何做到把心灵和理性合并在一起，既避免愤世嫉俗的浅滩又避免多愁善感的流沙？

你十分清楚，你生活的时代有理性与心灵失和的危险，有时理性占上风，有时心灵占上风。你不鄙视启蒙时代，相反你还是其坚定的维护者，但你没有把理性化为只考虑功利和盲目实用的计算思维，这种思维与惊奇和沉思的能力是分离的。事实上你写到，必须重新解放心灵，连同它的希望（你称之为"幻觉"，与我们的词义不同，你指的是梦想、愿望、冲动），否则等待我们的只有凶恶和野蛮。

> 世界体系所固有的幻觉在自然中被全部或几乎全部夺走，人改变了本性，改变了本性的人民是野蛮的，无法再像世界体系所希望的那样看待万物。理性是一盏灯，自然需要理性的照明，而不需要理性的焚毁……理性是功利的天然朋友，夺走让我们相互联结的幻觉，绝对解体社会，把人变得凶残。
>
> 《杂感录》，1818 年

在欧洲，针对启蒙运动成长起浪漫主义反叛，这种反叛偏向于以非理性为邻的古怪。而你想要的是但丁曾经谈到的和谐。但丁创造了"爱情的智慧"这个词语，用今天的话说就是悲伤的智慧或智慧的心灵。你曾与苍白无力的二元论搏斗。几个世纪前，二元论凭借其干将笛卡儿将情感流放到人体的一个边缘区域，好像情感是一个腺体的令人厌恶的分泌物，从而导致了理性的独裁。对于你来说，这是一种野蛮行为，因为它消灭了幻想，而幻想恰恰是寻找无穷。对现实的热情观察逼迫我们寻找无穷。

诗歌是良药，既可治疗冷淡无情，也可治疗多愁善感，二者都是理性与心灵之战的直接后果。许多人冷淡无情，他们隐藏在空洞庄严的辞藻后面，将现实打入一个小角落，不再提起。还有许多人多愁善感，他们陷入情感主观主义的陷阱，最终恰恰让他们本想唤醒的东西沉睡。这两种人都是自我的俘虏，处于自我的专制统治之下，无法接受现实。

你知道，必须恢复心灵的尊严，将被驱赶到冬眠状态的心灵唤醒，建立与自然万物的新型关系。你知道，要拯救理性，首先必须挽救心灵。如果没有两极，就不可能有张力，不可能产生能量。你的面容透露出来的东西现在应该让词语证实。

我的学生们习惯于将自己的音乐和自己的记忆保存在"云"中，为了让他们接近作家，为了让他们觉得作家的作品是"透明的"，我有时喜欢接过他们的词语，把这些词语纳入一个复杂的系统，根据这些词语出现的频率画一张云状图。我对你也这么做了，你会原谅我的。你的诗歌中有：生活（vita）、大地（terra）、时间（tempo）、日子（giorno）、心（cor）、自然（natura）、死亡（morte）、月亮（luna）、世界（mondo）、眼睛（occhi）、天空（cielo）、永远（sempre）、你（te）、命运（fato）等。里面有你的灵魂和人的灵魂的全部词语，都是你那个时代正在失去的词语。诗歌首先截获人可能会失去的东西，因为这是最令人怀念的东西。诗歌总是修复被拆卸、被遗弃、被忘却的词语，而且超前，这就是它为什么总是不合时宜的原因。每个时代都集中关注几个词语，好像着了魔一样。之所以如此，是因为那个时代正在失去被命名的东西，并开始感觉到它的缺失。

心灵与理性的失和应该重新平衡和修复，否则代价就是疯狂。没有心灵的思维是疯子，同样，没有思维的心灵也是疯子。

你当时接受的启蒙不仅仅是理性的启蒙，而且也是星星的启蒙，星星的光亮可以在你的夜间散步中截获心灵。

　　贾科莫，最好每个人都能提炼自己的"云"。如果我画我的云状图，我会找到与你相似的词语，为此我才隔着久远的时间给你写信。在我的灵魂中生活着许许多多看不见的东西——美、心灵、忧伤、英雄主义、痛苦、爱情、生活、眼睛、命运、星星、风、夜等，通过你的词语，我发现了这些东西的面容。贾科莫，谢谢你给了我这些词语，让我在正确的位置和隐蔽的角落观看，让我自言自语，让我了解自己，让我存在。你的词语让我接受，我与你一样是一个受伤的无穷。

没有篱笆就没有无穷，没有无穷就没有篱笆

敏感而想象力丰富的人，
与我很久以来一样，
依靠不断地感觉和想象生活。
对于这样的人来说，
世界和万物在某种意义上是双重的。
只看只听只感觉眼、耳和其他感官感觉到的简单东西，
这样的生活是可悲的。

——

《杂感录》，1828 年 11 月 30 日

亲爱的贾科莫：

　　青春期的过度希望允许我们进行助跑，助跑是跨越将我们与无穷分开的障碍所必需的。我在你的书法中看到了这一点。我把你那首最著名的诗《无限》的手稿放在了本书的最后，手稿里你那宽敞恣意的草体字标志着对意义的找寻和对现实的开放，而斜竖向高端的上挑显示着对无穷的怀念。书法的细致笔画试图把这种过度"镶嵌"进去，就像把一颗宝石镶嵌进戒指一样。

无限 (1819) [1]

这孤独的小山啊，对我老是那么亲切，

而篱笆挡住我的视野，

使我不能望到最远的地平线。

我静坐眺望，仿佛置身于无限的空间，

周围是一片超乎尘世的岑寂，以及无比深幽的安谧。

在我静坐的片刻，

我无所惊惧，心如死水，

当我听到树木间风声飒飒，

我就拿这声音同无限的寂静相比，

那时我记起永恒和死去的季节，

还有眼前活生生的时令，

以及它的声息。就这样，我的思想

沉浸在无限的空间里，

在这个大海中遭灭顶之灾，

我也感到十分甜蜜。

　　贾科莫，只有你能够创造出奇迹，把无穷压缩在 14+1 行诗

---

1. 根据赵文伟译文整理。

句中。你运用了十四行诗的格律，那是意大利诗歌的完美围墙，如同篱笆，如同冲向超越的门槛。那个少年发觉了限制，纵身冲过去要摧毁它或超越它。他还不知道，正是那对仅仅直觉到的无穷的排斥和剥夺产生了超越的欲望。无穷要能被达到，必须先受伤、受阻、受限。身居限制，凭借想象越过限制，为新的完成而奋斗，这就是你教给我的东西。事实上，你为格律固定的十四行诗增加了一行，那一行所有的人都记下来了，讲述的是幸福的沉没，越界，青春期的逆反，或以限制作跳板、以命运作目的地的欲望。一切都包含在第十五行中：在想象的推动下沉没在超越中。

然而你的韵律游戏没有就此打住。你喜欢把"理性和心灵"放在十四行诗的中央，"思索"放在了第七行，"心"放在了第八行。"思索"恰恰在传统十四行诗的正中央，而"心"则在第八行，超过了中央的位置，同样"沉没"那一行也是超出来的。十四行诗的形式无法容纳心的越位，心出来了，因为人的内心有一个让心害怕的超越，迫使思索"想象"万物的超越。

贾科莫，专家们说，害怕是人与某种超越他的东西接触时的动词，体验神圣的事物同时产生惊奇和恐惧，这是一种既吸引人又令人战栗的神秘感。心害怕也就是心在体验神秘，在与无穷的接触中感到拥有无穷，是无穷的亲戚，因为心自己就是要跨越的篱笆，但又不完全是篱笆，也不完全是无穷，而是肉与灵这两极之间的张力。

无穷在那首诗中由远到近。诗中先使用了表示远的代词"那个",然后使用表示近的代词"这个"拉近了距离。于是"那个无穷"变成了"这个无穷",已经伸手可及了。找到外面的无穷,发现它在里面。思索被淹没,最后一行的甜蜜沉没是心灵和思索的沉没,想象将心灵和思索统一成"我"。浪漫主义的梦与年轻人的梦相结合,心灵打开,并准备恢复理性夺走的空间。理性不再仅仅是算计,理性被神秘和它无法主宰的东西刺伤、放大。

可是贾科莫,为什么今天我看到许多孩子在适合于"想象"无穷的年龄却难以设想超越呢?他们的愿望似乎耗尽,然而他们能够相对于以往接触到更多的东西。你当年沉浸在里面读书的图书馆和你当年在里面散步的自然环境,对于他们来说已经都在衣兜里了,保存在手机里了。也许这种没有障碍、没有篱笆、没有限制的接触只是传染。各种感官只剩下一个,就是视觉。视觉被强化到催眠状态,陷入屏幕的陷阱。正像有人说的,屏幕带着我们居住在玻璃笼子里,而不是世界里。没有感官就没有感觉,因为没有智力。博尔赫斯[1]已经感觉到了这个问题,他曾讲述了一个皇帝的故事,说是那位皇帝好大喜功,要求制图员们为其庞大的帝国制作越来越精确的地图,否则处死。皇帝太痴迷于"控制"他那虚拟的王国,所以要求按 1:1 比例制作地图。制图员们为

---

1. 博尔赫斯(*Jorge Luis Borges*,1899—1986):阿根廷诗人、小说家、散文家兼翻译家。

了活命投入到这项艰巨的任务中，直至不论地图，还是地图所覆盖的王国都变得无法使用。于是，帝国成了废墟。

我们的信息饥渴症降低了我们的智慧，也就是深入探索的能力，其诱人的代用品是持续不断的联络，这种联络迫使我们处于永恒的眼前。我们有智能手机版的1∶1比例地图，我发现连小学生的衣兜里都有智能手机。我们环顾四周，感到不自在，希望某种人类形态能够为我们指出回家的方向，或者仅仅为了不论在哪里都有在家的感觉。我不想妖魔化任何东西，我爱这个世界和这些工具，但是如果我们不知道如何利用这些工具在存在的海洋里航行，那么这些工具到后来就会占有我们，而不是为我们所用，帮助我们把握现实。世界仅仅对于培育自己内心生活的人才是一个可以居住的地方。不论衣兜里有一个智能手机，还是只有自己的双手，人都可以培育自己的内心生活。如果不去感觉世界的重量、质量、气味、滋味、噪声和劳累，与整个世界的即时联络就会削弱惊奇的可能性，从而也削弱了心醉神迷的可能性，尤其是有可能让人失去感觉参与一个历史的能力，感觉不到其过去的深度和其向未来的开放。在青春期开始产生的对新东西的强烈感觉时而转化成放弃，时而转化成冒失，二者都是脆弱性的结果。

贾科莫，你的用词在今天比以往任何时候都更适合于重新阅读现实及其复杂性：更积极主动地面对现实，但又不因此而被现实吞没。你的语言是我的地图，我经常用来辨别方向，质询并解释现实。

　　20世纪的另一位诗人曾经发问："我们在生活中丢失的生命何在？我们在知识中丢失的智慧何在？我们在信息中丢失的知识何在？"（T.S.艾略特：《磐石》中的合唱词）他知道，诗歌可以达到人的内心区域，那里有生活所依赖的基本的存在定位。

　　包含在我们的便携屏幕中的世界能见度太高，过高的能见度消除了所有门槛和边界，创造出可以充饥但没有营养、可以打动人但没有理解的情感外表，而不像篱笆创造出对超越的短暂渴望，从而产生出愿望。消除了消极的障碍，想象就会熄灭、退缩，因为希望恰恰居住在未确定的空间里。让光污染照得亮如白昼的夜不会给星宿和它们的历史留下任何东西。处于持续不断的生产和运动中的城市笼罩在噪声中，忘记了迫使心灵变聪明的寂静。是愿望激活了想象，想象归拢了思考和心灵。然而在当前的环境中，愿望瞬间得到满足，蜕变成往往可以消费的需求。习惯了一切都伸手可及，也就不再愿意坚韧不拔地寻找无穷，寻找包裹着无穷的东西或人。

　　贾科莫，你今天可以重新点燃熄灭的想象、疲劳的心灵、冰冷的理性。

　　你是怎么做到的呢？将你看到的所有东西移动那么几厘米，让它们不再像从前那么确定，不再那么二维、清晰和可以达到，让它们战栗、色彩斑斓、遥远和新鲜。你达到了心灵的维度，那是第三维度，赋予深度的维度、内心生活的维度。"广袤无限之中浸没我的思绪。"万物呈现未确定的轮廓，进而发抖，如同星星。对于你来说，星星因为遥远往往是"模糊的"，也就是美的。星星可以在瞬间丢失，就在那一瞬间人们开始希望得到它们，想象它们，设想如何达到它们，开始希望。对于你来说，每一件予你的东西同时也是它失去的可能。

到那时，诗歌这个愿望之家就会保护这个奥秘，尽力拯救万物于不断跌落、损毁。所有东西都是不断跌落和损毁的，包括我们希望持久的东西，心灵知道不应该完结的东西。然而是谁教给它的呢？

诗歌如果不是那不应该完结的东西的歌又是什么呢？诗歌近乎于一个复活的仪式，近乎于那个希望本身：希望一切永远都能更新，为这个世界的脆弱之美效劳。

贾科莫，这就是你的秘密，并非短暂的秘密：限制是无穷之家。所以你去追求重新传播愿望和希望的语言。应该有那么一座失去的天堂，因为诗歌的语言竭力找回它，修复它。正是那难以找到的语言，你成年累月地寻找的语言（你的手稿中有多少修改之处啊！），泄露了那个奥秘。你渴望为那个奥秘命名，仅此就可以证明那个奥秘的存在。我之所以也写作，就是因为我希望世界能够满足我的心灵的种种愿望，我的心灵常常不顾我的意愿渴望一座天堂。我竭力凭借语言把那座天堂拉下来，赋予它存在的可能性。我坚持，再坚持，与此同时生活则抵抗，再抵抗。有的时候，我都希望不再如此挚爱美了，我希望自己能够更容易满足，但我知道我已经不再是我了。我无法忍受一种没有生活激情的生活。

只有找回无穷这个奥秘，我们才能将勇敢归还给希望，我们才能重新像每一个青少年一样热爱和感受生活。最近这些年我与意大利的孩子们到英国旅行过几次，我在旅行中非常清晰地产生了这个感觉。在我们住宿的校园里，每天吃过午饭，我都把孩子们召集在一起，围坐在绿色的草坪上，一棵百年老树下。大家轮流在十五分钟内讲述自己最大的激情。田野寂静无声，同伴们睁着好奇的眼睛：那种心醉神迷是如何产生的，意味着什么，承担了世界的哪一部分？这对每一个人都会是一个美好的挑战：我有什么激情？如何讲述它？其他人都听着，常常都很出神，还提出问题。当某一个人讲述某一个他所了解和喜欢的东西时，一切都立刻变得令人感兴趣。就这样，我喜欢上了，或者至少搞明白了说唱、无人机、乐团、水下捕鱼、文学人物、电影等。在那些宁静的时刻，在牛津的田野里，我看到在一个心灵中、一个仍在发育的头脑中，居住着多大的好奇和希望。我注意到，讲述的人总是收获自发的掌声。他接受了挑战，透露了抱着激情面对世界的游戏。接受感谢的人懂得了，激情也是对他人的帮助，而不是毫无意义的自我肯定。

贾科莫，现在我想让你明白，这就是你的生活中那个被教育捷径定义为"历史悲观主义"的时期，因为你认为是历史决定了人的不幸福，而人从本性来说注定是幸福的。在你看来，克服了你那个时代的偶然约束，恢复了与自然的田园般关系，所有的东西都将重归幸福和伟大。在我看来，这绝不是悲观主义（心理学范畴完全不足以表示对超越的怀念），只有关注对你想治愈的病症的分析，才是悲观主义，然而想治病的人不一定是悲观主义者。我倒愿意将其定义为现实主义，是完整之人的良好张力，是见识，是寻求完成。"为了到达顶峰，应该扔掉双肩背包里的无用之物。"一个说过这话的人怎么会是悲观主义者呢？最初他动摇我们对安全的焦虑，然而一旦倒空双肩背包，继续疾步前行，我们在内心就会说："他是个天才，我以前没想到。"我喜欢如此使用的"天才"一词，不喜欢其含有的自高自大、自以为掌握真理的意思。贾科莫，你是一个能够"生产"和丰富他人生活的天才，你能拓展他人生活的前景。不过咱们慢慢来：你是怎么获得如此清晰的前景的？你的天才是从哪里跳出来的？如何做到不让限制压垮，相反还能借其看到无穷的？

性爱的和英雄的年龄

> 我对光荣的渴求是巨大的,
> 也许是过度的和傲慢的。
> ——
> 《致皮埃特罗·乔尔达尼的信》,1817 年 3 月 21 日

亲爱的贾科莫:

只有感觉到缺什么,才会产生得到什么的欲望。种子的生存是这样。青春少年的生存是这样。然而柏拉图给厄洛斯(Eros)下的定义也是这样。柏拉图在其关于爱情的对话中把厄洛斯想象为一个神,是波洛斯(财富之神)和珀涅亚(贫穷女神)的儿子,并把其描述得与所有青少年一样:"一向是贫穷的,完全不像多数人所说的那么漂亮、优雅,相反还是粗野的,总是光着脚,到处游荡……因为他有母亲的天性而且为需求所困。另一方面,他

又像他的父亲，坚强、勇敢、不屈不挠，总是寻找美和善，是伟大的追逐者。"

这种悬于人性与神性、有限与无限之间的状态就是青少年的特征，这种状态以对性爱的渴求和莽撞而推动他们追逐有助于生活和幸福的东西。

贾科莫，你提醒过我，没有比青春期更渴求性爱，因而也更英雄的年龄了。把握生活的欲望导致它向世界敞开，以便寻求能够解除饥渴的东西。如果这种充满希望的敞开找到了方向，那么性爱的冲动就不会裹足不前，或者变得自我陶醉，或者退避一隅，而会变得英雄般勇敢，甚至不惜受苦受难。

有一次，我讲诗人翁加雷蒂的课，这堂课让我特别引以为豪。顺便说一句，这位诗人还写过关于你的诗篇，那是我所读过的最美的诗篇。下课的时候，一位女生举手。她一心想提一个好问题，我听到她说："老师，您应该少读点诗歌，多看点《老大哥》¹。"（我没有时间向你解释"老大哥"是什么，你只需知道那是诗歌的反义词：一个展示几个人的生活细节的地方，我们可以什么都看得到，因而最终什么也看不到，因为没有奥秘和深度。）女孩的话令我震动，倒不是因为她的傲慢，而是因为她那灼热的真实。她的话翻译过来就是："老师，您能回到那个丑陋的小世

---

1. 电视台播出的社会真人秀节目。

界，不让我听到说存在美吗？您能不强迫我在虚无与存在之间选择吗？既然我知道有那么些东西能够让生命感觉如此强大，有那么些如此美的东西，我就应该走出我那舒服的漠然状态，表明自己的态度：我的完成到了什么程度？我想从生活中要什么？老师，能帮忙让我免去心醉神迷的片刻吗？不然的话，我就应该走上完成之路了吗？"

贾科莫，根据这些年教书的经验，我相信孩子们感觉到自己被诗歌置于危险当中不是偶然的。人所拥有的唯一"关于一切的理论"就是诗歌。这里的诗歌不是诗歌作品，而是另外一种意义的诗歌，即"以生活为一切"的感觉，是存在的脆弱性和独特性的感觉，它要求仔细大胆地面对它，即使发言的是痛苦、失败和孤独。永不放弃诗歌，即便在你觉得生活没有履行其诺言的时候也不放弃，这就是你真正的英雄行为，是你所完成的最伟大的爱的行为。

生活的诗歌不是甜腻的多愁善感，而是强烈、热烈和坚固的性爱，适合于向我们显示一切都是为了我们，注定是我们的，就像在我们相爱的时候世界不过是对方在其中活动的舞台布景，触觉就是接待他的地方，眼睛就是看他的工具，耳朵是为了听他的声音，鼻子是为了闻他的气味，嘴唇是为了了解他的滋味。

当我开始与我的学生进行诗歌实验的时候，生活的诗歌，其强烈的情感，就向我显示出来了。在尝试让他们写诗之前，我要

对他们进行教育，让他们了解诗歌及其独特性，懂得诗歌是一种
生活于世界的——性爱的和英雄的——方式。我要让他们明白，
诗歌不是给游手好闲的人或喜欢幻想的人玩的情感小游戏，也不
是学校强加的无益作业，而是一种体验惊奇的练习，因而是一种
把握生活或让生活把握我们的方式，让我们能够发现原本会隐藏
起来的东西。因此，我们的实验从反复练习使用五官开始，就像
健身房里循序渐进地锻炼不同肌肉的练习一样。例如，我要求他
们观察一位同学的脸三分钟，然后在纸上描绘出来（这是产生新
的友谊甚至爱情故事的原因）；听一段旋律，然后试着转换成形
象或语言；闻不同的花，判断花香的成分；触摸一个盒子里的未
知物品，然后描述每一细节；闭着眼睛品尝食品。我还要求他们
在家做静默练习，闭着眼睛沉默十分钟，把注意力集中于白天留
下深刻印象的东西上，将一种情感与产生它的事件和与它相关的
思想联系起来……所有这一切都是锻炼"进一步"的练习，为的
是发现现实比外表更深刻，让现实通过感官进入并用头脑和心灵
加以拷问，它就会向我们泄露充实而丰富的那一刻的秘密，让我
们避免蒙塔莱[1]所说的耻辱：蒙塔莱曾历数"相信现实就是所见的
人的耻辱"。

---

[1]. 埃乌杰尼奥·蒙塔莱（*Eugenio Montale*, *1896—1981*）：意大利诗人、散文家、编辑、翻译家，*1975* 年诺贝
尔文学奖得主。

然后，我要求他们在集中关注现实的基础上写诗：从学校回家的路上的细节，之后阅读萨巴的《老城》[1]；一个所爱人物——如母亲——的细节，阅读卡普罗尼的《为了她》[2]；将他们的内在特征与一种动物联系起来的细节，阅读波德莱尔的《安巴铎》[3]；周日黄昏时分的情感，阅读你的《假日之夜》……这样的游戏总是行得通。

此外，在艰苦付出之后阅读的诗文会给他们以启迪，如同闪电之美给他们以震动，因为这样的诗文能够"无法避免"地说出他们仅仅支支吾吾说出来的东西。我看到他们向这种面对世界的方式敞开并适应，这种方式与他们的青春勃发是如此相称。我看到他们通过语言的宇宙触摸了一下物质的宇宙。到这时，他们就开始渴求那样的语言，因为他们要说真话。他们不是被动接受需要死记硬背的修辞格，而是把修辞格当作这个宇宙的逻辑来学习，当作取悦这个世界的仪式来学习，这个世界似乎只向勇敢地接受它的人透露自己的秘密。

我们在课堂上朗读这些练习的果实时，各种各样的结果让我们感到惊讶，每个人都有自己解释现实的方式。孩子们在自己那

---

1. 翁贝托·萨巴（*Umberto Saba*，*1883—1957*）：意大利诗人、作家。

2. 乔治·卡普罗尼（*Giorgio Caproni*，*1912—1990*）：意大利诗人。

3. 夏尔·皮埃尔·波德莱尔（*Charles Pierre Baudelaire*，*1821—1867*）：法国诗人、作家。

些不那么确定的诗句中所认同的动物往往十分有意义：有躲藏在森林里的诱人的老虎，有不知自己属于大海还是陆地的笨拙的企鹅。每个人在回家的路上所抓住的细节总能打动我。有一次，我的一个学生感叹："我没想到在从学校回家的路上会有这么多东西！"贾科莫，我应该向你坦白，这个主意我是从你那里偷来的，你在你的写诗计划中也曾记下这样的题目：走路的故事。我还记得一个孩子在他的诗中说，他每天都要延长回家的路，就为了在上了一上午的课之后骑在他的摩托车上感到终于解放了。他在每一小节的开头都着魔似的重复"我转呀转"，他本能地使用了首语重复法，但从那以后，他就有意识地使用这种方法，因为这种方法完美地反映了他对自己生活的情感："我转呀转，像抚摸我脸庞的风一样自由，没有目的，没有强迫。"在感官的漠然当中镶嵌着多少故事、多少生活、多少爱啊，然而我们在生活中心醉神迷的可能性，恰恰取决于领悟差别的能力。

每个人都有自己独特的和不可重复的接触世界的方式，每个人所领悟的东西就是其接触世界的方式的产物，是一个已经在悄悄进行当中并且由语言流露出来的心醉神迷的信号。孩子们写的诗都是小的召唤结晶的结果。当这些小召唤出现在他们眼前的时候，他们惊讶了："难道这一切都在我内心里吗？"一个女孩如此感叹。到这时，我就让他们阅读翁加雷蒂说过的话："……诗歌 / 是世界人类 / 自己的生活 / 它们开花因语言 / 还有狂热躁动的 /

清澈惊奇。"是的，已经在你的内心里，然而只有与你身外的东西接触才能绽放语言之花。现在，在漠然的沙漠中已经开辟出一块可以居住的绿洲。

贾科莫，这不就是你写诗的时候发生的情况吗？你不就是从一个狂想、一个灵感开始，然后再耐心地转换成语言的吗？

> 我在我的生活中仅仅写了不多的短诗。我在写诗的时候只不过是跟随一个灵感（或狂想），一旦抓住了灵感，两分钟我就可以完成整首诗的构思和布局。做完这一步，我总是习惯于等一等，看看灵感能不能再现，如果再现（一般要几个月），我就开始写作，但十分缓慢，没有两三个星期我是完不成一首诗的，哪怕是非常短的诗。这就是我的创作方法，如果灵感自己生不出来，那么树干里流出水来都比从我的脑袋里产生一个诗句要容易。

《致朱塞佩·梅尔基奥里的信》，1824 年 3 月 5 日

另外一位诗人也说过："在创作过程中，诗人既使用理性的方法，也使用直觉的方法。窥探一位诗人的笔记，我们会发现许多小十字和记号，发现许多改动，是怎么回事呢？很简单，诗人修改了自己最初的冲动。在写作过程中，他把理性与直觉、肯定与否定融合在一起了。换句话说，诗人是最健全的动物，可以结

合运用分析和直觉（分析和综合）达到结果，达到揭示。因此，诗歌就是最有效的思想加速器。阅读和写作诗歌提供最迅捷，也是据我所知最经济的知识工具。"（约瑟夫·布罗茨基：《谈话录》）

我的学生们就是这样体验种种欢愉：提高智力，探索每一个细节，接受世界，引导世界走向圆满。这就是另外一种意义的诗歌，诗歌作品仅仅随后才来到。贾科莫，是你教导我的，你首先忠于的是你那诗人的心醉神迷，而不是诗歌作者的心醉神迷，因为诗歌作为探知奥秘和惊奇的耳朵不仅仅为诗人所拥有，诗人就是那些"做"（希腊语里的 poiein 就是"做"，是把看不见的变成某种看得见的东西的"做"）的人，他们接受生活所能奉献的全部财富，接纳这一财富的脆弱性和不完善，并致力于保护它，通过自己的"做"完成它：从园丁到教师，从母亲到医生。性爱主义和英雄主义是活的生命的两个色调，因为只有激情推动人克服达到物和人的完成所需要的疲劳。

然而贾科莫，当生命因为这一英雄般的性爱受到威胁甚至被窒息而死亡的时候，会发生什么情况呢？

让生活伤害自己

毋庸置疑，
年轻人比老年人更痛苦，
比老年人更感到生活的重压，
因为他们无法充分施展生命的力量。
——
《杂感录》，1823 年 6 月 1 日

亲爱的贾科莫：

几个月前，我接到一个女孩子的信。她向我透露，她无法克制自己割手臂。每当割了自己的手臂，她就终于感到平和，痛苦让她全神贯注，遮盖了其他一切：因遭遇到过多的生活限制，而产生的全部恐惧和窒息感。那个女孩强迫自己为了存在于世界，为了拥有一个世界而"感觉"。她竭力通过自残制造一个痛苦和人为的心醉神迷。她的生命恢复了知觉，因而重新找到一个至少是暂时的意义。

我回信让她不要那么做，告诉她每当想自残的时候就想想我，给我写信，记住是那种痛苦产生了她的那封信，而且这种情况还会再发生。我建议她通过语言——一个词语的宇宙了解世界和她的痛苦，不要跌进血的混乱中。我告诉她，我很在乎她和她的血。我不希望浪费一滴血，每一滴血都应该加以改造，用到另一项事业中。从那天起，她有了改善，把血变成词语，把痛苦变成信件。

我们的眼泪也是那一混乱产生的咸味液体，是为我们的脆弱性付出的代价。你十分了解眼泪的滋味，因为你从小就尝到过。你告诉过我，有一次你的母亲因为看到你泪如雨下而笑话你。只有你的小弟弟皮埃特鲁乔抚摸着你的脸安慰你。多少青少年的哭泣被当作一时的疾病或荷尔蒙的泛滥而遭到嘲笑啊！其实他们的哭泣是一种深刻的意识，意识到"长大成人"这个简单事实了，正像你向你母亲所说，意识到自己是脆弱的，生活根本不足以满足过度的愿望。你从很早就明白，人的状况需要怜悯。有人为存在于世界这个事实而哭泣，只有了解这种哭泣的人才能够安慰别人。你就是这样的人，你把你的眼泪变成了诗句，把你的脆弱性变成了诗歌。

我们能够看到的世界取决于我们对自己的感官的照料。感觉迟钝的人生活体验就少，感觉过于细腻的人生活体验就多，感觉不好的人生活体验就不好……感官不是呆滞自主的器官，而是身体给予我们的最大的礼物，让我们能够接纳现实。然而如果有的感官相对于其他感官使用得太少或太多，导致这些过滤器不称职，那么进入我们的心灵和头脑的世界会是什么样呢？

感觉不好的人可能最终会自伤或伤人，就为了知道自己活着。并非所有人都像那个女孩一样自己伤害自己，许多人选择别人的血。

如果我们能够感觉到他人的生命，怎么会去杀害，折磨，虐待一个孩子、一个女人或另一个男人呢？"感觉"不到生命，用一位心灵能够思考的女士的话说，"平庸的坏"就会大行其道。她令人吃惊地提到纳粹屠夫阿道夫·艾希曼："他并不是笨蛋，他只是没有思想（没有思想与愚笨绝不是一回事），因为没有思想，他就变成了那个时期最大的罪犯之一。如果说这叫'平庸'并且也可以说是古怪，如果以我们的善良无法在他内心深处发现**魔鬼**，那么这并不意味着他的状况和他的态度是普遍的……那种脱离现实、那种没有思想，远比人天生的所有邪恶本能更危险。"（汉娜·阿伦特：《平庸的恶》）

粉碎他人生命的人不仅仅是个疯子，而且还是一个没有感觉、漠视自己的生命，最终也漠视他人生命的人。如果我感觉不到现实及其各种各样的价值，我就会跌进千篇一律、老生常谈和空洞的废话，意识形态就会不可避免地取代现实。贾科莫，你知道幸福就是通过感官接受一切的能力，不论付出什么代价，包括限制，而且首先是限制，是篱笆，是无穷的接待室，是无穷的必不可少的前提。或多或少有意识地要移除限制是不幸福、冷漠和厌烦的原因。

然而生活是在哪里丢失的呢？我们在哪个岔口走错了路，让我们的感官睡着了呢？如何唤醒它们呢？你会说：用诗歌，也就是生活的性爱，用生活自己的创伤。

那个自伤的女孩让我明白，青春期是自觉迈出的第一步，因而也是令人眩晕的一步，目标是接受出生，接受被赋予生命，连同生命的欢乐与悲哀。青少年一点一点地把孩子的魔幻和万能思绪留在身后，幻想不再保护他们，生活以新的和更充实的方式——伤害他们——进入他们的内心。他们可以选择退缩，也可以选择直接面对并探索为什么"受苦"，也就是生活，也就是希望，值得。我说的不是牺牲式的受虐，而是种子为变成玫瑰而发生的正常裂开，如果种子不让阳光、土地和水打开自己，接受自己的命运，它就结不出果实。相反，如果种子找到突破硬壳的理由，就会不惜自己受伤而进入世界，开花结果，并成为给他人的色彩和滋味的礼物。要付出的代价就是痛苦，就是"表面上的死"，然而实际上是"更多的生"。这难道不就是割伤自己所要模仿的东西吗？一个无法变成礼物的礼物。

我从许多孩子那里更好地了解到，生活就是如此。他们高兴地告诉我，在读了我的第一本书之后他们开始献血，在读了我的第三本书之后开始做志愿者。青少年如果不受到生活的刺激，不让他们面对奉献自己的理由，而仅仅向他们提供消费建议，他们就无法感受让他们的生活充满意义的大挑战，正如但丁在《宴会》中所写："给青少年那个能够让他们完美和成熟的东西。"

　　然而贾科莫，如何才能启动这个心醉神迷的冲动并走上完成之路呢？这个完成是什么样子呢？

成长是创造

即便这次航行没有给我们带来其他成果，
在我看来仍是极其有益的，
因为它让我们一时摆脱了厌倦，
让我们珍惜生活，
让许多我们本来看不上眼的东西变得宝贵。
——
《道德小品》"克里斯托弗·哥伦布与皮埃特罗·古铁雷兹的对话"

亲爱的贾科莫：

　　你教导我，青少年的能量是创造的呼唤，重要的是创造的过程，而不是成功，尽管我们常常被引导相信成功才是重要的。生活的意义是完成，而完成是一个过程，有斗争，有跌倒，有停顿。青少年之所以能够重新站起来，就是因为他们拥有青春活力，拥有过度的希望。相反，对成功的渴求则会消泯人的历史状态、人的脆弱性和人的短暂性，希望人立刻就是完美的、完备的和现成的。只有时间能够显示一种爱情、一件作品和一个人的伟大。

我们不可能消灭种子所需要的四季，雨、雪、严寒、暴风、炎热、干旱都是这一过程的组成部分，都是生活的组成部分，种子需要这些组成部分，青少年也需要。

贾科莫，你在青春年少的岁月里也曾遭遇这样的"恶劣天气"，你常常掉进痛苦的孤独当中，掉进在你周围的人眼中常常是不可思议的沉默当中，从书页和大自然中寻求解答。你也曾开始想象，文字的辉煌将为你赢得你孜孜以求的爱，首先是你父亲和母亲的爱。于是你开始将你的全部资源都投入到"疯狂和绝望的"学习当中，就为结出果实，就为完成你那诗歌的心醉神迷。渐渐地，你明白了，目的是创造美，而不是运用美来扬名。创造是完成的秘密，创造是一个过程，而不是突如其来的。

我记得一个女孩子，她已经明白让她心醉神迷的就是时装，但她知道许多其他人也有同样的梦想。她决定考验一下自己，投身到"恶劣天气"中。她认识一个裁缝，每周有两个下午去那里学习如何做衣服。高中毕业的时候，与其他想做设计师的人不同，她已经会裁剪衣服。她经历过所需要的辛苦和错误、失败和挫折，并把这一切当作她心醉神迷的材料，从而证实了她的心醉神迷。她因此可以选择曾经选择了她的东西，可以不必仓促地从他人那里借一个梦想过来。

我还记得一个男孩子，他需要钱买新的电脑和摩托车，但他的父母爱莫能助。于是，尽管他在学校的数学课勉强及格，但他还是决心研读概率论书籍，并学会了在线扑克的规则，终于挣得了他所需要的钱。也许这不是一个有教育意义的范例，但打动我的是接受类似的挑战、创造解决办法所需要的能量。

我还记得一个女孩子，上高中四年级的时候已经立志当记者。她长期为校刊写文章，后来有一天她给她所在城市的一家大报社的经理设了一个圈套，说是请他提点建议。就这样，她从高中最后一年开始写当地的新闻报道，特别是报道低等级足球比赛，其中不乏裁判的不公。这些尝试验证了她选择的道路，上大学期间她已经正式为那家报社写文章了。

贾科莫，这样的故事我还能讲好多：许许多多孩子都能够追随自己的过度希望，检验自己的心醉神迷，看看它究竟是自我认识的幻觉还是真正的呼唤。

他们谁都没有过成功，因为他们谁都没有追求过成功。他们全神贯注于过程，全神贯注于日常的耐心工作，正像波德莱尔所说，那是灵感的大哥。所有实现了梦想的人都懂得，照料梦想的第一步是像过去的艺术家那样到工匠作坊里当学徒，身体力行，学习创造的艺术，进而学习成长的艺术。米开朗琪罗·梅里西在十二岁的时候跟母亲说他想当画匠。母亲说可以，并把他送到当时最好的画匠那里做学徒。这个孩子后来成了卡拉瓦乔。

正像我已经写给你的，没有老师，就没有什么人会从种子看出玫瑰，就没有心醉神迷。当年的查尔斯·达尔文只是一个二十二岁的学生，才华并不出众，然而一位植物学教授从达尔文身上发现了不同寻常的冲动，选择他作为博物学家参加了一次科学考察。

许许多多像这样的例子表明，重要的不是出众的才能，如果有当然更好，重要的是那个人及其观察现实的热情眼光的开发，还有可以在老师的帮助下实现的新东西的开发。"才能"（talento）这个词还有货币单位的意思，古时候是一个很大的衡量单位，我们经常使用的意思是一个错误释义的产物。在《马太福音》（第二十五章第 14～15 节），这个词用来指一个有钱的主人在旅行启程之前托付给其仆人的东西："按照能力给每个人"一定数量的塔兰（talento）。在这里，才能不是天生的自然能力，而是生活依照我们的能力赠予我们的一切：一只杯子有多大容量就能装多少液体。才能不是命运的不公分配，是我们可以接纳的世界的一部分，我们可以尽最大努力照料世界的这一部分，既不超越我们的能力，也不保留我们的能力。才能就是依照我们的能力托付给我们，让我们加以完成的东西和人。所有人都被呼唤实现这一完成。

贾科莫，你也寻找过老师，寻找过能够引导你实现自己的抱负的人，你通过写信的方式找到了这样的人。今天比那时更容易"去工匠铺"寻找能够考验我们并让我们成长的人。我仍然记得一位女作家在读了我的几篇新作之后写给我的话："你已经会做了，但还要学习技巧。"她给我提了几条建议，我遵循她的建议花了整整一年的时间制订了写第一部小说的计划。

实际情况就是如此，仿佛一束光打在了一个人的头上，透露了其发展的可能性。只有能够凭借想象看到那束光的人，才有可能接受生活这个礼物，让命运开花结果。诗人之所以成为诗人，是因为他们相信才能，这里的才能不是我们的能力，而是托付给我们的东西。这些东西将会开花结果，并让我们开花结果。

如果学校能够根据每个孩子的独特性提供定位指导，如果学校是一个可以去做学徒的地方，在那里可以培养接受世界的能力，那么学校就名副其实了：一个锻造心醉神迷的铁匠炉。

成长不是成功，而是下行，是深入，朝着心醉神迷可能生根的地方。创造而不让失败的恐惧压垮是让心醉神迷变成丰富现实的方式。每一粒种子不都是如此吗？因为寻求光而寻求深度，因为寻求在光明中生活而寻求在土地里死亡。然而当看不见的仍然看不见时，当一个人的独特性因缺乏观察仍然隐匿时，会发生什么呢？

受伤的无穷

青年人比老年人更有活力，
也就是说存在感和自我意识更强烈。
越有活力，
欲望和对幸福的需求就越强烈，
因而丧失感、缺失感和空虚感也就越强烈。

——

《杂感录》，1823 年 6 月 1 日

亲爱的贾科莫：

最近我接到一封信，信是这么说的："一年前，我开始越来越着魔于控制饮食，弄得体重减少太多，月经也没了。这样的控制让我心绪宁静，令我开心，令我充实，但后来我没有了力气，感到恐惧，在精神上和身体上都把自己封闭起来。现在我对任何事情都感到焦虑，特别是如果与我原来想的不一样的话。我感到焦虑扭曲了我的胃。我产生了无助感，总觉得无法恢复到原来自由自在的状态。没有人创造确实能够帮助我的条件，没有人等

我，除了心理医师，没有人听我说。一想到人无法创造任何免费的爱，我就觉得悲伤。"

　　这个女孩对生活的渴望与控制饮食发生了冲撞，结果身体耗干，适得其反。她害怕一种仅仅作为限制而不是作为冲动去体验的脆弱性。贾科莫，我十七岁的时候从你那里学到的最令人欣慰的东西之一恰恰是，与年轻人更强烈的渴望相匹配的是更剧烈的痛苦，因为得不到满足的需求太多，就像得不到回报的爱一样。

　　　　毫无疑问，在人、人的精神和国家的目前状态下，青年人不仅比老年人遭受更多的痛苦（我说的是精神），而且（与表面情况相反，与人们一向说的和普遍相信的相反）比老年人更感到厌倦，比老年人更强烈地感受到生活的重压，以及肩负和拖拉生活重压的辛苦和艰难。

　　　　　　　　　　　　　　　　《杂感录》，1823 年 6 月 1 日

　　青年人比老年人更感到厌倦，因为他们更强烈地感受到"生活的重压"。那么这个重压是什么呢？由此产生的厌倦又是什么呢？如果不是想拥抱一切又找不到方法的冲动，又是什么呢？如果不是一种满足不了的饥渴又是什么呢？

　　你的话让我想到一个女孩子，她前几年在自杀之前留给父母

一张纸条:"你们爱我,但你们无法帮助我。你们给了我一切,包括不必要的,但你们没有给我必不可少的,没有给我一个理想,让我觉得生活值得!因此我要自我了断!"

"值得"这个词我总觉得有点荒谬,因此也觉得有趣。要生活就必须找到生活的理由。是什么理由呢?当然不是负号,生活充满了负号;是可以接受为之奉献自己的时间和空间,或者说为之接受"死亡"的理由。

> 青年人漠视并挥霍自己的生命,他们的生命也是甜蜜的,而且非常富余,他们不怕死亡……所以青年人挥霍……好像几天以后就要死似的。

> 《杂感录》,1822 年 10 月 24 日

如果青年人找不到奉献自己和慷慨待人的理由,感觉不到自己可以赠送给世界的"独特性",他们的心就会变硬,直至坠落到厌倦中。你在《道德小品》中对此已有精辟论述。在克里斯托弗·哥伦布与其朋友的对话中,两位探险家探讨了新世界和寻找新世界的意义。朋友有疑虑,凭借如此落后的装备、冒着生命危险远涉重洋是否合适。哥伦布回答他:

> 暂且不说大家没日没夜为了没有意义的事情冒生命的

危险……如果此时此刻，你、我，及所有同伴不在这些船上，不在这大海之中，不在这未知的孤独之中，不处于变幻莫测、危机四伏的状态，我们会处于什么样的生活状态呢？我们会干什么呢？我们会以什么方式度过这些日子呢？也许会更愉快吗？还是相反，会处于更大的痛苦或孤独中，会充满厌倦呢？……即便这次航行没有给我们带来其他成果，在我看来仍是极其有益的，因为它让我们一时摆脱了厌倦，让我们珍惜生活，让许多我们本来看不上眼的东西变得宝贵。

《道德小品》"克里斯托弗·哥伦布与皮埃特罗·古铁雷兹的对话"

为了珍惜生活，必须航行（不仅仅在网上），必须面对大海的危险和孤独，还必须面对心灵失事的无穷，否则就会跌进厌倦。贾科莫，这就是你对厌倦的解释：愿望与现实之间的距离，寻求幸福与世界的限制之间的距离，探索篱笆外边的无穷与篱笆这边的有限之间的距离。厌倦导致特别是希望生活完整无缺的人"生活本身的停滞"。

你想把无穷归还给人，因为心的愿望证明了它的存在，然而你能到哪里去寻找这个无穷呢？如果世界不能满足这个心的愿望，那么这个愿望不就是骗人的吗？如果心只是一束无意识的肌肉纤维，这样的愿望又怎么会到我们的心里去呢？

那个得了厌食症的女孩的信是这么结束的："我不想对我所拥有的不领情，我不想浪费时间，我不想要这个笼子，但我不知道如何照料我的生命。"

人越渴就越能感到没有水的痛苦。青春就是这种燥热，因为它是这种灼热。贾科莫，我们如何回答呢？如何才能照料这受伤的生命呢？

靠近月亮，倾听它的秘密

从十岁到二十岁，
我闭门静思，
写作，
研读书籍和万物。
——
《致皮埃特罗·布里艮蒂的信》，1820 年 4 月 21 日

亲爱的贾科莫：

照料生命意味着照料某种活的东西，在一个保持稳定的核与相反总在变化的东西之间摆动。如同月亮。

月亮是你用心观察的物体之一，你从月亮上面找到了人生旅途的概括总结。你研究月亮，不断寻找月亮，因为月亮不愿意透露自己的秘密。出于一个自转和公转的奇怪协议，月亮总是向我们的眼睛呈现其同一部分表面。

像你那样观察月亮，特别是满月的时候，总会让我们不禁

惊跳起来。没有满月的时候，观察月亮会激起一丝怀念。周复一周，那美在完善，在完成，然后又从头开始，引发怀念。月亮之美在于它能够圆满，达到了完成便更新愿望。

一位希腊哲学家写道："美"这个词（kalos）来自动词"召唤"（kaleo）。严格地说，这个词源解释有误，但基本感觉是对的。美就是一种召唤，美好的事物邀请我们走向完成。如果它们会说话，它们就会提出这样的问题：你的圆满到了什么程度？你如何利用生活的馈赠？

满月是一种美，这种美经过长时间耐心准备，就在你观看的时候，它已开始消失，以此告诉你美往往是超越拥有的一步。月亮召唤，召集，指示，对照。

所以，你在你奉献给月亮的诗《致月亮》中，把月亮当作周而复始的象征加以歌颂。你的这首诗仿佛是与一个所爱之人的对话：

> 哦，姣好的月亮！
> 记得一年前，我来到这座山冈，
> 满怀忧伤，又一次仰望你，
> 当时你像现在一样，高悬在
> 那边树上，把一切照亮。

然而正是与那轮明月所进行的沉默对话唤醒了你内心的痛苦

的未完成感:

> 可是我当时热泪盈眶,
>
> 你的脸儿就显得朦朦胧胧,
>
> 因为我过去的生活既受尽折磨,
>
> 现在也并没有变样,
>
> 哦, 我可爱的月亮。
>
> 不过对痛苦的往事
>
> 一一追忆, 细细思量,
>
> 对我也能帮不少忙。
>
> 唉, 青年时代该多么欢畅,
>
> 那时我满怀憧憬和希望,
>
> 而回忆的历程却不长。
>
> 往事的回忆固然令人悲伤,
>
> 而痛苦却天久地长! [1]

你像希腊抒情诗人一样歌颂月亮, 因为你的生命感受到了威胁。如果有一天你忘记了月亮, 你也就忘记了你自己。你歌颂月亮是在青春年少的时候, 那是一个希望长、记忆短的生命阶段,

---

1. 赵文伟译。

因为面向未来的冲动战胜了经验。当生活已经变得太过沉重的时候，你把月亮理想化为希望之艺术的象征。

有人说，你在死前写下的最后诗篇都是奉献给月落的：月亮陪伴你直到最后，成为你这样一个人的象征。你虽然在不断变化，但你接受了自己的命运，并忠实于自己的命运。

月亮是你的灵魂的镜子，但月亮的某样东西是你没有的和让你嫉妒的，那就是无意识。我们的无穷愿望与我们的限制是不相称的，意识到这种不相称让我们不自在、困惑。然而月亮尽管多变却始终忠实于自己，精确而无意识地运行着。

古希腊人称忠实于自己的命运为 moira（也就是角色指定）绝非偶然。忠实于自己的命运是在地球上感到幸福的唯一方式，也是在得不到幸福的时候幸福地感到不幸福的唯一方式，因为指引我们的灵感有足以燃烧障碍和失败的热度，而且能够从障碍和失败中找到让火继续燃烧的材料。

贾科莫，还是你，让我在你的身体和诗句里看到了忠实于自己的命运意味着什么。且不论实现完成的条件是什么，你接受了那些条件，把它们当作实现自己的文学作品的机会。

有一次我问一位女士，关于你她都记得什么。这位女士回答说："两个方面：忧伤，以及绝不放弃、直至最后的力量。"贾科莫，你的生活就是不屈不挠的斗争，作为一个被美心醉神迷的人，你为在你的诗句中体现美而奋斗。如果你无力做到，你就会沉浸于良性的忧伤，也就是无能为力的痛苦和再次尝试的愿望。你绝不逃避，相反还留在那痛苦中，就像种子在严冬等候更好的时节，迎接即将到来的阳光。

当生活剥夺了你每一个孩子都想要的东西（成功、可爱的躯体、爱）时，你到达了储藏着你的心醉神迷的仓库，从这个取之不尽用之不竭的宝库中汲取新的东西，不管别人是否喜欢。就这样，你摆脱了看他人脸色这个牢笼，把你的能量投入到这一召唤所需要的深沉的耐心当中。

你向我透露的秘密是，这个目的地不会完全到达，因为生活不是平衡，而是张力。在自然界，停顿的东西就到达了死亡。贾科莫，这也许是你传递的信息中最不舒服的部分。圆满绝不会完全获得，圆满只是"忠实的运动"或"动态的忠诚"，因为我们生活在时间当中，我们被要求赞同生活连同它的变化：心醉神迷与爱情中发生的情况一样是照亮一切的中心，赋予我们能量，但也不断经受考验，如同抗震房子，其秘密不在于"一劳永逸"的坚硬度，而在于其弹性，也就是那种把应力变成自己的力并予以辅助的能力——复原力和抗压力。只有这样，生活才不会变得乏味和僵化，才能保持性爱和英雄色彩，永远处于完成的张力中。

然而，贾科莫，如果是生活本身似乎阻止了这一切呢？如果我们并不相信生活呢？如果生活在引诱、心醉神迷、召唤了我们之后又背叛我们呢？

用《一个亚洲游牧人的夜歌》探索夜晚

> 我开始了解了一点美，
> 仿佛让我的灵魂的各个部分都变大了。
> 我对自己说：这就是诗歌，
> 为了表达我的感觉，
> 需要诗而不是散文。
>
> ——
>
> 《致皮埃特罗·乔尔达尼的信》，1817 年 4 月 30 日

亲爱的贾科莫：

二十年前，我收到你第一封信时正在寻找词语，我不知道如何做。我不知道，为东西找到词语意味着给它们一个形式，从而能够把它们变成自己的，特别是那些看不见的东西。那些词语你都拥有，并且借给了我，因为好的艺术能够"对不顾时代的黑暗仍然坚持并闪闪发光的人性和魔力进行心脏按摩"（大卫·福斯特·华莱士）。因此，作家的任务并不容易，相反还是荒谬的："按照一个并非为其量身定制但也属于他的规律生活。这个规律

是，不要让任何人一无所有，即使他自己愿意。调查一无所有的唯一目的是找到摆脱一无所有的道路，要向每一个人指示这一道路。坚持哀伤和绝望是为了学到让别人走出哀伤和绝望的方式，而不是鄙视幸福。幸福属于人类，尽管人类相互破坏、相互剥夺幸福。"（埃利亚斯·卡内蒂）

我一度陷入黑暗的角落。那是一段痛苦摧毁生活趣味的时期。在我身边感到痛苦直至流泪的是一个我爱的人，但我无法跟上他／她的痛苦。我恨不能替他／她承担痛苦。在那些日子里，我理解了痛苦的能量，竟能把我们打入孤独，把遭受痛苦的人和愿意陪伴的人统统拖拽到内心的黑暗房间。当时我经历了人与人之间的深刻分离，经历了爱最亲近的人的困难，经历了他们在痛苦中几乎无法逾越的孤独，经历了无法赶上他们和拯救他们的无力。我觉得一切都失去了意义，令人痛心，生活成了荒谬和折磨，如同希腊悲剧中的年轻英雄瘫痪在舞台上发问，到底应该在两个同样具有毁灭性的可能性中选择哪一个："我能做什么？"俄瑞斯忒斯如此发问，他面临的两难抉择是，杀死母亲为父报仇，还是留母亲一条性命但受到复仇女神的迫害。

我没有找到解决办法，因为没有解决办法。然而贾科莫，是你让我明白了，解决办法就在生活本身当中，而不是在生活之外：向痛苦敞开自己，把痛苦当作我们心灵的一个房间居住。

就是在那时候——高中毕业那一年，就是从你的课开始的，在老师声情并茂地给我们朗诵了《一个亚洲游牧人的夜歌》之后，你进入了我的房间。我十分兴奋，在回家的路上买了一本你的诗集，那是第一本用我自己的钱买的诗集。我开始在我的房间里阅读，反复诵读那些词语——都是诗的词语，我全都懂，直至为自己创造出一首内心的催眠曲，在这首催眠曲中，没有意义的痛苦、分离、生活的悲剧不再只是我一个人的，也是你的和所有人的。我不再感到自己有什么错儿，感到自在了。悲剧依然在，但我不再孤零零了，我在泪水中拥抱了这首诗的主人公的所有问号。

一个孩子在夜间行走，他观察大自然，并向其提出了自己的问题。与此同时，羊群对他的痛苦全然不知，平静地吃着草。在这篇讲述中东牧羊人的文章中，他们边放羊边放声唱着忧伤的歌曲，歌声回荡在寂静荒芜的田野。你在读这篇文章的时候，那个朝圣者活起来了，体现出你的内心世界。

那个孩子代表了全部我无法合情合理地表达的东西，当我遇到他的时候我感到不再孤独了。来到这个世界上竟是为了面对痛苦，这种表面上的荒谬性让他发问：

> 然而为什么要让其出生，
> 为什么要让其活着
> 那个后来必须予以安慰的人？

既然生活是痛苦，

为什么我们要忍受？

不论他还是我，都没有一个可以与之述说那种深切孤独的人。他的四周只有沉默的创造物，羊群和月亮，连同它们无意识的坚持，在一个没有任何人来陪伴他的夜晚。于是他对着月亮：

然而你，永不停步的孤独行者，

是那么忧心忡忡，你也许懂得

这人世间的生活，

我们的痛苦，还有叹息，都是什么。

你以那些词语讲述了我也在经历的同样的分离、同样的孤独，但你没有逃避，你留了下来，你给那种痛苦一个方向，给其以表现形式，给其一个词语的家，因为是无定型的痛苦压垮了人：

告诉我，月亮，

游牧人的生活意义何在？

你们的生活意义何在？

告诉我，我的短暂旅行，

和你的不朽行程，通向何方？

你以一首诗回答了我的问题。你的这首诗提出了十二个问题（一共十二个问号），你以问作答，因为真正的回答几乎从来不是让问题消失的解决办法，回答是对生活的开放，提问是生活的记号（我喜欢把问号想象为一个反躬自问正在一个什么样的世界上行走的人）。

我想起我的一位女学生，在说到文学让问题保持鲜活这一断语时，她举手提问，她有点害怕，声音虽弱但却真实："可然后……回答会来到吗？"我在她的眼中看到了一个年轻女孩的全部真实。她面对自己的命运，充满忧虑和不安。对于我来说，你的诗不仅是一种让青春期的不安保持鲜活的方式，而且也是那位花样少女所渴望的回答。提出正确的问题，日渐体验这些问题并与他人分享这些问题，我们就可以找到在最黑暗的夜晚同行的旅伴。我们就可以发现，在黑夜里游荡的时候甚至可以高歌。

贾科莫，我只能把那个游牧人想象为年轻人，一个被自己的梦想伤害和背叛的年轻人，他经历了袭来的厌倦：

> 告诉我，为什么动物
> 悠闲懒散地躺着，
> 怡然自得；
> 而我舒舒服服地躺着，
> 却让厌倦袭上心头？

在提出这些问题之后出现了最后几行的三个"也许"。每当我重读这三个"也许"时，那种既痛苦又释然的感觉就会回来，眼睛和心灵的激动就会回来，因为我知道有些词语需要多少受伤的生活才写得出来，因为我知道我的脆弱并不孤独。我也与你一样，摇摆不定，犹豫不决：一方面希望长出翅膀逃走，假定无限的和想象的幸福……

　　　　也许，如果我有翅膀，
　　　　能在云端飞翔，
　　　　能一个一个数星星，
　　　　或如雷电在山峰之间游荡，
　　　　我会更加幸福，我亲爱的羊群，
　　　　我会更加幸福，皎洁的月亮。

　　另一方面理智地承认痛苦不能消除，因为它是生活本身必不可少的一部分：

　　　　我的思想，在观察别人的情况时，
　　　　也许远离真实，
　　　　也许不论采取什么形式，
　　　　不论处于什么状态，

都在一个巢穴或摇篮内。

诞生之日就是痛苦之源。

　　那个年轻人希望拥有的翅膀是一个大自然创造物的翅膀，有了翅膀就没有任何游离于无穷的意识，没有任何痛苦意识。

　　贾科莫，你没有完全放弃想象的翅膀，想象着思想翻越篱笆。那颗向着无穷开放的心依然在那里，化为一个梦的"也许"。然而紧接着，那个过度希望所产生的"也许"就进入了与另外一个"也许"的对话：一个治愈了青春期想象的"也许"，一个理智的"也许"，它承认生命的定数。出生之日，我们的生日，不是一个节日，"也许"只是一个葬礼。

　　那三个"也许"像钟一样鸣响，是喜钟还是丧钟呢？这个疑问在做梦的、有翅膀的心灵和脚踏实地的理性之间留下一个悬而未决的空间。在你的诗中，心灵与理性仍然处于对话当中，是痛苦的对话，但它们都是活生生的，处于关系中，因为所有真实的关系都从它们的辛苦中汲取养料。

　　我十七岁的时候，你给我的建议正是居住"也许"的土地，在翅膀与重力之间。我的痛苦没有消退，但我渐渐学会了凭借你那些词语的勇敢体验痛苦。你的词语在其他任何人无法到达的地方赶上了我。你没有向我提供一个简单易行的解决办法，但你陪我走上了"也许"的艰难之路。你让我体验两种状态，把如此人性的张力和它所带有的脆弱性放在一起。从那时起，你再也没有离开过我的房间，再也没有离开过我的心灵的房间。相反，你在最里面的一个房间里找到了一个位置，在这个房间里，欢乐与痛苦一起为做人的本质而哭泣，流淌着共同的眼泪。

为此，贾科莫，西尔维娅是你的诗中我最喜欢的女性人物，她具有充满活力的冲动，而游牧人则以其歌唱的忧伤成为我最喜欢的男性人物。西尔维娅和游牧人是你内心生活的互相补充的版本，是心与脑、肉与骨、腿与臂。

游牧人给了你的忧伤一副面孔。歌，即便是夜歌，仍然是歌。忧伤如同几乎所有音乐家的夜曲，如同神秘主义者的所有感觉之夜和精神之夜；夜如同人的所有无法达到的孤独。人之所以害怕夜，是因为夜是一段检验其能力的时间，接受和面对这个短暂人生的脆弱性的能力就在这段时间得到检验。

我还记得那个八月之夜，我在海滩上向我的小外甥朱利奥指点星宿。朱利奥当时六岁，我向他讲述了星宿的传说。他在琢磨是否能够找到新的颜色，是否已经都找到了。他对我说时间是无限的，我们发明数字就是为了衡量时间。突然，他问我，为什么白天天空是蓝的，星星不再出现。我试图给他一个科学的解答，但我意识到他不满足于这个解答，必须向孩子们解释万物的目标，而不仅仅是原因。如果他们问你为什么下雨，你不能用水蒸气来回答，而要说：为了让植物开花结果。

于是我对他说，夜间之所以黑暗是为了让我们看到光亮所隐藏的东西。有的时候东西太美了，必须把它们保护起来，就像把宝贝藏起来一样。他满意了。而在我内心，多亏你，我想到，有了光总会失去什么，有了黑暗总会得到什么。这大概就是本质吧。

　　在你生命中的那个夜晚，你是不是理解了，要拯救自己唯有检验这两个假设：翅膀还是葬礼？飞翔还是屈从？飞翔是为了不背叛自己的命运，为了发现希望是不是一个既艰辛又丰产的假设；屈从是接受生活为人编织的大骗局，人是这个宇宙唯一有意识的纤维，人固然美，但注定死亡，没有希望。你的游牧人直言不讳地告诉我们，人受到的召唤是存在，而不是独自喘息。我们可以说出我们是什么，但说不出我们如何和为什么存在，我们只知道可以以我们的真实面貌存在，而这是一个我们无法回避的召唤。

　　因此，必须居住"也许"的土地、可能的土地、挑战的土地、英雄的土地，英雄为在赋予他们的短暂空间内完善自我而奋斗。

　　为此，贾科莫，是飞翔或屈从的时候了。

逃避的艺术，或反抗那些阻止我们忠实于自己的东西

> 您要求我们牺牲，
> 不是牺牲东西，
> 也不是牺牲照料，
> 而是牺牲我们的爱好、青春和我们的全部生活。
> 我不想再拖延了，
> 我要承担起我的命运。
> 我宁愿不幸福也不愿矮小，
> 宁愿痛苦也不愿厌倦。
> ——
> 《致莫纳尔多·莱奥帕尔迪的信》，1819 年 7 月末

亲爱的贾科莫：

逃避之路不总是寻找之路，相反也许很少是寻找之路。也许因此，成熟就是找到寻找而不是逃避的勇气。当一个孩子发现了自己的心醉神迷时，他就感到被召唤去体验，看看他的独特性能否真正丰富世界。

不久前，一个年轻人向我吐露，为了让父母明白他的存在需要他们的眷顾，而他们的缺失和他们的沉默使他无法容忍，他离开家在外面过了一夜。就这样，他迫使他们害怕失去他，让他们

重新考虑在什么样的基础上建立与他的关系。从那天起，事情发生变化了。

贾科莫，你也曾认定，要完整地过自己的生活和考验自己的激情，唯一的方式就是反叛家庭和家乡强加给你的限制，就是逃走。你在决定悄悄离家出走的那天给你的父亲写了封信，委托你的弟弟卡尔洛在你走后转交。我读了你的这封信之后明白了你的心思。这是一个达到成人年龄后离家出走的孩子写的信，我相信要了解你就要读一读这封信。下面就是信的内容，我希望你能原谅我做了些改动，我是想让文字在表面上更接近我们这个时代的语言：

爸爸：

　　尽管在知道我做的事情之后你可能觉得不屑于读这封信，但我还是希望你能听一听儿子最初的和最后的话。你的儿子一向爱你，对于给你带来的不快深感痛苦。你了解我，了解我的行为。也许到你愿意睁开眼睛的时候，你会看到在全意大利，我要说在全欧洲，都找不到一个像我一样被剥夺了一切年轻人的乐趣、对自己的父母听话和服从的年轻人，哪怕是年龄比我小得多，也许天资比我低的年轻人都没有。尽管你可能看不上老天赋予我的些许天资，但你不能不听听有多少令人尊敬的名人认识我，对我做出了你知道的、我不必重复的评价。你不是不知道有多少人认识我，他们甚至完全符合你的原则。他们认为，如果我能得到资助，我就能够成就非凡的事业。今天如同昨天，即使要让一个对自己不抱多大希望的年轻人成功也需要资助。令人惊讶的是，任何哪怕是仅仅对我有表面了解的人都一定不理解我怎么会仍然生活在这座城市里。众人当中，唯有你持反对意见，而且坚定不移。

任何一个离家出走的儿子，如果他的父亲（或任何一个负责其教育的人）看不到他的独特性，不能鼓励其到更好的环境中去开花结果，他都会给他的父亲写下你所写的东西。说实在的，正是那个家、那个田野、那些夜曲和那些书，在十六岁十七岁的平静季节里，给了你的天才打开和发展的可能性，让你的天才得以向深、向高、向广发展，所以那个天才现在才会感到受到束缚，不再满足于"想象"篱笆外面的无穷。它应该获得解放。然而，贾科莫，你的父亲不愿意，你只有逃走了。为了给你的生活以充分的完成，你需要自由，谈到自由你继续写道：

你当然知道，不要说在一个稍微有点活力的城市，就是在这座城市，都几乎没有一个十七岁的年轻人不受到自己的父母关照，想着如何为其找一个更适合他的出路。我不说所有我的同龄人都有的那种自由。那种自由,我在二十一岁的年龄仅仅得到了三分之一。

贾科莫,生活,如果不是承担自己的命运,那是什么?爱,如果不是为那个命运找到一个有力的和可靠的守护人,那是什么?如果不让那个命运充分发展,把其改造成目的地,又如何才能不厌倦地生活呢?

暂且不谈这个,尽管我已证明了我自己——如果我没搞错的话,这是相当罕见和早熟的表现,只会在正常年龄后很久才有,我仍然开始表达我的愿望,希望你能够关照我的命运,按照大家指出的方式考虑我的未来生活。我看到,就在咱们这座城市里,许多家境不如咱家的家庭,后来我知道还有其他城市的许多家庭,一旦发觉某个儿子表现出一丝一毫的天分,都会毫不犹豫地做出巨大牺牲,让这样的天分充分展现出来。尽管许多人都相信我的天分不止一丝一毫,可你却认定我不值得一个父亲做出牺牲,你也不觉得我目前的和未来的生活值得你对你的家庭计划做些改动……我希望你为我提供点资助,让我能够找到适合我的生计,不再让我的家庭来负担。可当我提出这个要求时,却遭到了嘲笑,你觉得没有必要为你的这个儿子动用你的关系或照料。我非常清楚你对我们的设计，我也知道为了一个我不了解但我听到称之为家和家庭的东西能够圆满，你要求我们两人做出牺牲，不是牺牲财物，也不是牺牲照料，而是牺牲我们的爱好、青春和我们的全部生活。这个要我和卡尔洛做出的牺牲，你永远都不会得到，我丝毫都不会考虑这些计划，我绝不可能接受。

你的父亲不愿意把你安排到别的地方去。也许他没有彻底了解你的天分和你的抱负，也许他认为你离开了家乡无法自理，也许他没有钱，或你的母亲不让他接触财务上的事情，她正尽力耐心地还债。贾科莫，你把这当作你的牺牲，认为自己是父母祭台上的牺牲品，觉得父母盲目或者仅仅是有"更可靠的"计划。可是诗和爱（因为你也在寻找一个值得你爱也爱你的女人）对你的召唤正在挑战安全稳妥，你选择了真理和危险，而未选择安全。

也许你的父亲想的是保护你，也许他对你的爱比你从他的选择中感觉到的要多。你看，贾科莫，有的父亲从生物学的意义上生育了自己的子女，但随后忘记了也从精神上生育他们，让他们失去了方向，但你不是这种情况。莫纳尔多要给你的指导太多了，他甚至为你的生活写好了脚本：作为长子，你必须继承家产、田产、图书馆、租金收入，这样你才能作为一个知识分子心无旁骛地从事写作。然而，他没有能够看到你自己写的脚本，所以才耗干了你的天分，引起了你的反叛。

　　厌倦令你无法忍受。不是那种表面的厌倦，那种"不知道干什么"、缺乏强烈情感的无聊，而是命运和目的地的剥夺，是痛苦，感觉自己不知所措，生活不充实，没有充分实现自己的志向。你已经开始写作，因为写作是超越限制、战胜自己的不完善的场所，在那里可以修复任何可能的不足，讲述应该或能够如何走。对你来说，写作如果不是生活又是什么呢？难道在你的诗歌中使用最频繁的词不是"生活"吗？你在诗歌中如此生活，以至于你的躯体无法再忍受那种孤立，你的天分要求你的躯体跟着它跨越那道安全感的篱笆。

　　　　然而，那么多年，你让一个我这种性格的人或者消耗在致命的学习中，或者埋葬在可怕的厌倦中，因而也埋葬在忧伤中。我的忧伤来自孤独，来自一种无忧无虑的生活，特别是最近几个月。我没用多久就意识到，没有任何可能的和想象的理由能够让你改变想法。你虽然持续不断地掩饰，呈现出随和的外表，但你性格中的坚定非同寻常，没有给我留下丝毫的希望。

　　现在你想把你的生活掌握在自己手里，你要承担起自己的命运。你的自由是种子的自由，它决定腐朽，抛弃旧的习惯和安全的信念，给它的天性和心醉神迷以圆满。待在地下、待在自己的外壳内更安全，但没有自由。把自己的命运当作礼物和任务承担起来，忠实于自己，这样的人是自由的，因为他有可能向别人奉献自己的本质，与怯懦的谨慎进行斗争。怯懦的谨慎让我们与动物相似，动物的唯一目标就是保存自己的物种，那样的话我们的确仅仅适合于死亡。贾科莫，你在思考人的本性的时候明白了，人的确是动物，但不止于动物，人能够提升自己，超越动物：人是一个孕育无穷的胚胎，一个寻找"彼地"的"此地"。

所有这一切以及对人的本性进行的思考让我相信，我虽然一无所有，但只能依靠我自己。既然法律让我对自己负责，我就不想再拖延承担起自己的命运。我知道，人的幸福在于满足，因此与我能在此地享受到的安逸相比，乞讨更容易让我感到幸福。我恨怯懦的谨慎，它让我们冷淡，束缚我们，让我们无所作为，把我们变得像动物一样，平静地维持着这个不幸福的生活，不想其他的。我知道你觉得我是疯子，我也知道所有伟大的人物都有这个名字。既然几乎所有天才的事业都是从绝望开始的，那么我就不担心我的事业也如此开始。我宁愿不幸福也不愿矮小，宁愿痛苦也不愿厌倦。更何况厌倦是要我命的抑郁的根源，对我的损害远远超过任何身体上的不适。

贾科莫，你的这些文字对我来说就是一篇杰作，甚至让绝望都变得可以居住。天才由绝望开始，绝望实际上就是希望，是离开安全的港口进入大海，朝着一个有待发现、有待居住的灵魂新大陆航行。你写出了你最好的诗，让它们逃离你的黑夜。亲爱的贾科莫，就是在这里，当你写出"我宁愿不幸福也不愿矮小""宁愿痛苦也不愿厌倦"的时候，我觉得你就是我兄弟般的朋友。生活从安全、平衡、舒适的神话中解脱出来，就在你的手中了。它的脉动，让人害怕，扭曲肺腑，产生眼泪和失眠。然而，这就是生活，它的反义词不是不幸福和痛苦，而是胆怯和由此产生的厌倦，是狭隘——保持种子状态、不结出果实的人的狭隘，不争取爱的人的狭隘。这样的人，对痛苦的恐惧压倒了生活的愿望，心肠变冷，犹如一只鸟因担心自己的重量，荒谬地担心它不适合于飞翔而收起翅膀。谢谢你，贾科莫，我向你保证，我宁愿不幸福和痛苦，绝不矮小和厌倦。我要忠实于生活。

　　以你的情况来说，这意味着放弃父亲和家的安全，在那里，大小是根据收益用计算和尺子来衡量的：

　　　　一般的父亲对自己子女的评价都比外人的评价要好，可你正相反，你对我的评价比外人要差，所以你从不相信我生来是干大事的人。也许除了那种以计算和尺子来衡量的大小，你不再承认其他大小。然而，许多人都有不同看法。至于我，由于我对自己的绝望只会带来伤害，我绝不会顺从像我的祖先一样生活和死亡的念头。

你为了能够生存，至少是在最初的时间里，你拿走了家里的钱，所以你请求原谅。逃离雷卡纳蒂到达目的地并不是那么容易，为此你必须偷偷办一本护照，可是你为了在人生适合于希望的时刻不死于绝望，你什么都不顾了：

向你解释了我为什么做出这样的选择之后，我要请你原谅我这封信和我带走的东西给你带来的麻烦。如果我的健康状况不是那么不稳定，我宁愿沿街乞讨也不会动你的一分钱。可我的身体太弱了，而且你多次随口故意说出来的话让我无法指望从你那里得到什么，所以我不得不采取了现在的做法，以免第二天就死在街头。这是唯一让我心绪不宁的事情。我知道你无上慈悲，知道你为了让我在现有条件下生活得满足而操心，所以一想到我竟会给你带来不快，我就非常痛苦。我为此衷心感谢你。我的心情无比沉重，我好像染上了我比所有人都更痛恨的坏毛病，那就是忘恩负义。我之所以遭此不幸，仅仅是因为我有不可调和的不同想法，我要么在这里死于绝望，要么走出现在这一步。老天为了惩罚我，让你摊上这个城市里唯一一个思想不局限于地方的年轻人，让我摊上了唯一一个视儿子为不幸的父亲。令我感到欣慰的是，这是我给你带来的最后的不快，你将从此解脱我的存在给你带来的持续不断的厌恶，解脱我本人给你带来的许多其他麻烦。

不过，贾科莫，你保证你会归还那些钱，你恳求他不要把你当成坏蛋，仍然把你当作儿子，你没有背叛对生育你的人的爱：

　　我亲爱的爸爸，如果你允许我这么称呼你的话，我跪求你原谅这个因天性和环境感到不幸福的儿子。我希望我的不幸福全都是我的，不给任何人带来影响。我希望从今往后都是如此。如果运气让我能够有所作为，我第一个念头就是归还现在我出于需要不得不利用的东西。

　　最后，想求你的是，如果你还能记得这个一向爱你的儿子的话，不要把他当作可憎的人驱逐，不要诅咒他。如果命运希望你能赞扬他，至少不要放弃给他连坏蛋都可以得到的同情。

随着离家出走，青春期结束了，没有保护网的生活开始了，命运的挑战降临了。在引发了过度的希望之后，体验的时刻来到了，体验过度的时刻来到了。

是迎接下一站——成熟期的时候了。

MATURITÁ
o l'arte di morire

成熟期，
或者说死亡的艺术

情感和热情曾经是我生活的伙伴和养料，
现在都以一种令我恐惧的方式消散了。
是死亡的时候了，
是向运气低头的时候了。
——
《致皮埃特罗·布里根蒂的信》，1820 年 4 月 21 日

亲爱的贾科莫：

　　你的逃跑失败了。你的遭遇就是许多忤逆的孩子的遭遇，也就是走得过了。对被发现的恐惧变成了一种成为现实的预言。谁不记得被父母抓个正着的忤逆行为呢？

　　那个应该为你提供护照的人与你的父亲莫纳尔多是朋友，所以为他的儿子即将走向外面的世界向他表示祝贺，这就泄露了你的逃跑计划，你的计划烟消云散，你的父亲对你这样做的深层原因一无所知。你的信成了你和你的弟弟以及妹妹保利娜之间的一个秘密，他们是你这一阶段生活的仅有的伟大朋友。然而当你留下一颗充满死亡的心时，我留下了你的那封信，那是你与你的命运的会面。

　　一旦发现为什么而死，那就必须真正死。青年时期是死亡的正确时机，因为这个时候有再生的力量。你所说的"死"是指冲撞，与生活为我们的心醉神迷和我们的过度希望设置的无法回避的障碍、失败以及由此产生的悲伤和创伤的冲撞。对于承担起自己的命运并以此为使命的人来说，迎着运气而上就是接受这样做所含有的全部不确定。

如果说青春期是适合于发现为什么值得生活的年龄，那么成熟期就是冲撞的时刻，与一个计划、一个关系、一个工作等的冲撞，这些都是在日常生活中让我们在寻求实现生活之所以值得的目标时让我们体验死亡的东西。贾科莫，你教导我，成熟期的秘密不是与死亡做斗争，让死亡从生活的地平线上消灭，而是成功地面对梦想、计划和命运暂时的和表面的死亡。

然而，为了让这个发生，必须进入无主地，把我们引导到那里的过度希望与一个艰难行程的过度体验混合在一起。过去我们觉得自己是无可替代的和独一无二的，现在我们突然发现自己是可以替代的，而且对于历史的大乐队来说，也许不是必不可少的。脆弱性先前被当作对无穷的渴望来体验，现在则变成了诱惑，诱惑我们接受仅仅充当界限。性冲动和英雄主义受到许多小死亡的威胁，而成熟期就是穿越那未实现的希望的荒漠，依然相信存在一块乐土，并且发现这块乐土不应该到我们的身外去寻找，而应该在我们的内心去寻找和种植。

然而，将我们与乐土分隔开的荒漠是一种暂时的状况吗？贾科莫，需要什么才能居住这个失败而不躲进一个幼稚的世界逃避生活呢？可以继续前行而不放弃高度和无穷吗？当我们想象的一切只留下一片废墟的时候，我们如何才能希望再希望呢？在年轻的着迷之后如何才能不滑入成年的醒悟呢？

沉默降临

就我现在枯竭得犹如一根麻秆，
任何激情都找不到这个可怜灵魂的大门。
就我而言，
爱的永恒、无上权威在我这个年龄已被废除。
——
《致皮埃特罗·乔尔达尼的信》，1820 年 3 月 6 日

亲爱的贾科莫：

　　在一个青少年的生活中，一个丧失说话能力的时刻到来了。每一个回答都化为愤怒的声音，化为嘟哝或人所共知的"什么都没有"。每当一位母亲问放学回家的儿子："今天你做了什么？"听到的都是这句："什么都没做。"

　　那句"什么都没做"是一个充满希望的标志，标志着种子对死亡的恐惧，那种沉默和那种孤独都是创造一个空间所必需的，这个空间以内心而闻名，如果种子找到了勇气，就可以在这个空

间里破碎。大多数种子本身都带着破壳而出的最初养料，就是我们经常当作果实享用的果肉。多数情况下，种子都更小，果肉就是其保护层和食物。

贾科莫，在你的逃跑失败之后，你的心醉神迷似乎熄灭了，话语默不作声了，对未来的希望化为对过往的回忆。一种诗意的沉默开始了，这种近乎完全的沉默，从 1822 年到 1828 年，持续了六年，这段时间几乎仅有散文，是你的作品中最冷淡、最挖苦的文字。这段经历扫除了一切幻想，扫除了每一颗孕育未来的种子。没有任何命运能够变成目的地，心醉神迷化为遥远的细语，让人越来越难以相信。在人的生活中不知多少次心醉神迷的伟大光芒受到压制，被打入梦想的抽屉中最黑暗的角落，犹如一个被现实扫除的幻想。伟大的爱、伟大的梦想、伟大的未来……仅仅留下一个遥远的回响，如同一个悔恨，对失去命运的悔恨。

即使在生活的道路上我们的细胞没有一个会保持不变，我们也知道在我们的内心有一个在时间上持久的稳定核心，一个未被触动过的、原始的和独特的地方，由此涌出从小到老都更属于我们的说和做。这是一个常新并且可以更新的地方，一种无忧无虑的安全由此解放出来，我们可以把生活限制在里面并感觉到生活的限制。

写作逐渐到达那里，到达涌出泉水的地方。也是因此，我觉得没有什么奇怪的，青春期就是日记的年龄、着魔一样写作的年龄、做作家梦的年龄，因为写作就是深入心灵的心灵，学会居住自己进而居住生活。笔变成了镐，纸变成了灯。

　　贾科莫，你喜爱的"古人"都知道这个道理。对他们来说，fato（命运）这个词和 fabula（讲述）这个词具有相同的词源，它们都来自一个表明神"说"的词根 fa，所谓神说就是诸神的说，是权威的说，是自我完成的说。宙斯"说"的时候，事情发生了并且存在了，也就是说命运决定了。fabula 这个词来自同一词根，其中的 bul 与不同的词根结合在一起表达不同的空间，不同的词根所表达的事物在不同的空间里实现。事实上，fabula 正是命运借以达到我们并自我完成的地方和途径。讲述准备事情并让事情发生。没有讲述的语言，我们内心就没有发现我们的故事的方式。已经得到证明的是，我们所度过的"睁着眼睛做梦"的时刻都用于具有假设性质的讲述，我们是这些讲述的主人公，我们通过这些讲述修改过去或准备未来。孩子被剥夺了神话故事，就被剥夺了用于构造他们自己的故事的脚本，因此孩子们都不厌其烦地听神话故事，因为神话故事讲述了事情是怎么回事，用维柯[1]的话说，就是构造了一个"幻想的形而上学"。

　　我曾送给我的侄子一本儿童版的《奥德赛》，每天晚上，全

---

[1]　维柯（*Giovanni Battista Vico*，1668—1744）：意大利哲学家、美学家和法学家，代表作有《新科学》《普遍法》《论意大利最古老的智慧》等。

家在夏季的星光之下聚在一起听读几页。朗读的过程中朱利奥总会提出许多问题，有时非常难回答。他感觉这个故事虽然如此遥远但与他有关，因此每天晚上都会准时出现，手里拿着那本书："今天我们读几章？"

不读讲述他人命运的故事，常常对自己的命运也一无所知。这样的人满足于故事的代用品——fama（传说）。fama 这个词也有相同的词根 fa，也就是说，这里的"说"是口口相传的说，没有权威的来源。在这里，来源是水平声音的积累，没有垂直的声音，所谓垂直的声音就是有高度（上帝的）或深度（我的）的权威声音。没有故事，命运就没有借以诞生和完成的地方和途径，只能为"大家都是这么说的""大家都是这么做的"让路。犹太人有一句谚语我很喜欢："上帝创造人是为了听他讲故事。"只有人能够讲述自己的故事、自己的命运和自己的目的地。动物发出叫声，植物长出叶子，岩石默不作声，人讲故事。语言是我们的生活之家，人在这个房子里成长，然后被投入实践。

一位伟大的导演说过，情节非要找出生活流逝的意义。我在向一个新朋友或我所爱的人讲述我的故事时，我总是选择某些时刻。我在构造我的故事时总是支配我自己，把握我自己。这样，我的本质就通过讲述展现出来。除了在过去、现在和将来让我成为我自己的东西，我能选择什么呢？如果我不是至少一个故事的主人公，我就会消失，甚至已经消失了。

贾科莫，你在逃跑失败后度过了许多没有"诗"的岁月，但你没有不写作。你不得不再等待近两年的时间才经你父母的同意离开雷卡纳蒂。你开始了一次连续不断的往返旅行（罗马—雷卡纳蒂—米兰—博洛尼亚—雷卡纳蒂—比萨—佛罗伦萨—雷卡纳蒂），因为那些你渴望已久的地方让你失望，除了极少的例外，你没有找到你希望的东西：既没有对你的艺术的认可，也没有能够让你长期维持生计的工作。

心醉神迷的种子必须扎根更深。接触到世界及其风吹雨打，你的成长似乎暂时停滞了，你需要更大的力量，更深的扎根。散文成为寻找深度的工具。你写的《道德小品》虽然充满哲学和理性的冷静，但仍然保持着丰富的想象力。冷静的外壳犹如一层雪守护着心醉神迷，雪层下面的大地似乎死亡，但实际上只是在休息，为了变得更肥沃。让青春期的幻想净化了的歌必须既与着迷也与醒悟保持距离。这是沉默的时刻、黑夜的时刻，与爱情的一个阶段相似：曾经让一切看上去都完美的魅力终结了，但只不过是爱情在要求成长，要求扎根更深更持久，争取更加繁荣茂盛。

这是多产的时间，尽管似乎正相反。沉默的艺术是最难学习的艺术，因为表面上看，它没有果实和欢乐。能够坚持下来并品尝到其果肉的人不多。

经历了近六年的冬天之后，正因为经受了考验，一个更好的春天、一个丰富的收获、一个更充满目的地的命运，即将到来。

生活是一个未履行的诺言——问一问《致西尔维娅》

偶然重温了我的笔记和我的学习材料，
回想起我的孩提时代、思想、愿望、
美景以及青春年少时做的事情，
我的心就发紧，
我不会再放弃希望。
死亡令我恐惧吗？
已经不是作为死亡，
而是作为过去全部美好期待的消灭者。
——
《杂感录》，1820 年 6 月 26 日

亲爱的贾科莫：

在你最初的田园诗中，你通过一个与理性和好的心灵，寻求人与现实在充满诺言的婚姻中和谐。然而，事实证明，他们生活得并不幸福满足。

逃跑失败了，所有的梦、幻想、计划都被摧毁了。一个热烈梦想的未来成了废墟，废墟很壮观，犹如一座摩天建筑的废墟。你在废墟中徘徊。

生活的体验不适应无穷的张力，没有任何东西向心灵提供充

足的养料。不只是你，你的所有同时代人都没有得到幸福。重建与大自然的关系不足以找回大自然，路堵死了。深入无穷的梦不能持久，与大自然恢复的爱情证明仅仅是一个浪漫的梦。青春，心灵的年龄，仍然是最残酷的时期，因为饥渴更深了。《致西尔维娅》是你最忧伤的诗之一，写于长期的诗歌沉默之后，是其标志。西尔维娅是你幸福时光的最新记忆，她变成了一个象征，象征着一切希望、一切幻想、一切可能的和现实的幸福的脆弱性。然而，西尔维娅恰恰是走出沉默的出路。

最近几天我收到一个十八岁女孩的信，信写得美极了："我的故事有点悲惨，我能活着就是奇迹。我是早产儿，母亲怀孕第六个月生下我，这给我带来不少问题。我的心脏有先天性缺陷，它试图夺走我的生命。不能说我打仗打赢了，因为说得明白点，大自然为所欲为，我们没有什么办法，只能通过治疗限制病情，但大自然循着自己的路走。

"近几年来，我的病情恶化了，多次住院做手术。尽管我想充分过自己的生活，但昏迷了几个月。为此我失去了一切：友谊，激情，习惯。我的生活被掏空了，但无可奈何，所以我就躲进阅读，而我最喜欢的书就是您的书。您间接地帮助了我。读着您的文字，我找到了一种我不知道的我所拥有的力量，而对我帮助最大的就是您在《没有人知道的事情》最后几页中讲述的鼓励。不管怎么说，我知道您是不会看这封信的，我所写的不过是随风飘走的话，但我感到有义务感谢您拯救了我，感谢您从遥远的地方做的这一切。不幸的是，我的病没有到此终结，我不知道我还能在这个世界上待多久，但只要有一线希望我就要好好生活，不是为了其他人，其他人也会消失，而是为了我已经经受的和将会经受的，为了能够最终说受苦是值得的，因为生活的确是我们所收到的最宝贵的礼物。"

亲爱的贾科莫，我在这封信中感觉到青春的矛盾，与你在西尔维娅的生活中感觉到的矛盾是相同的。西尔维娅像所有年轻人一样既愉快又悲伤，追求超越界限：

> 你，既愉快又悲伤，
> 要越过青春的界限吗？

对于西尔维娅来说，一切似乎都充满希望、甜蜜，与你在歌颂无穷时的感觉一样：

> 你坐着，十分满足，
> 憧憬着模糊的前途。

青春是有血有肉的无穷，充满希望的界限。然而有希望就有痛苦，如同一份没有回报的爱。命运也是目的地，这个说法不过是一道闪光：

多么美好的思绪，

多么美好的希望和情感，我的西尔维娅！

一如当年人的生活和命运！

当我回忆起那丰富的幻觉，

一种情感压在心头，

是心酸，是苦楚，

我又为我的不幸而痛苦。

啊，自然，啊，自然，

为什么你不履行你许下的诺言？

为什么你要如此愚弄你的子孙？

　　每一个过度、每一个对未来的幻想，都被背叛了，西尔维娅死了。生活暴露出一个必须居住的矛盾，一个受了致命伤的无穷，还有背叛，对本该拯救她也拯救你的东西的背叛，那就是你们共同的青春：

我那甜蜜的希望不久也将消失，

命运已经拒绝给我青春。

唉，你怎么会消失，

我可爱的青春伴侣，

我可悲的希望！

这就是那个世界吗？

这些就是我们久久一起谈论的

快乐、情感、工作、事件吗？

这就是人的命运吗？

这就是你列出的问题清单之一。贾科莫，智慧的心，没有任何人像你一样在诗中使用疑问句。你停留在存在的门槛上，提出了让你和读你的人思考的问题。

你写道：快乐、情感、工作、事件，仅仅是狂欢节投掷的彩色纸屑，是蝴蝶的展翅，是转瞬即逝的脆弱之美。死亡是物质和精神的最终界限，死亡的真实显示了无穷对于年轻人的张力是什么：不是别的，就是一根贪婪地指向死亡的手指。西尔维娅的指头想触碰永恒，就像西斯廷教堂里亚当的指头想触碰造物主一样。然而另一方面，没有任何永恒，没有造物主，有的只是死亡的虚无。那个手指头仍然悬在空中指向这个绝对的界限：

当真实出现的时候，

你倒下了，

从远处用手，

指着冰冷的死亡和光秃的坟头。

西尔维娅的手本来专注于编织现实的布，布在这里比喻生活，然而当她的歌声打断了你的学习时，她的手却仅仅从远处指向死亡和冰冷的墓碑。

存在意味着死亡。没有任何无穷，如果你循着手指画出的线走，你只会提前发现墓碑。那个未来的指示不是一个希望，而是一个诉状。

然而，在沉默多年之后也有某种新东西，某种不停留在虚无里面的东西。在你的诗歌沉默期只有推理和讽刺散文，你在度过这段不写诗的时期后，写了《致西尔维亚》，重新开始作诗，把悲剧变成了挽歌。你把你的全部忧伤，作为海难幸存者的全部脆弱性，都投影到西尔维娅身上。

西尔维娅是你们家马车夫的女儿，名叫特蕾莎·法托里尼。一场疾病损害了她的呼吸功能，那种痛苦你也十分了解，只是你在比萨写这些诗句的时候才有了缓解。你让她复活是为了把她变成烈士、证人，让她举起手指指向密封着虚无的坟头。你的痛苦，不是你的悲观主义（悲观主义者从不歌颂），是宇宙性的痛苦，感觉到整个宇宙的痛苦，并承担起对此的责任。你的痛苦化为诗歌，是作为自由格式歌曲创作的诗歌，我们一度称之为"大田园诗"，但并没有田园诗的味道。你的诗歌是敞开的痛苦的诗歌，它们见证了生活的悲剧，同时显示出对圆满的张力的留恋。大自然熄灭了西尔维娅，你把这个代表着忧伤记忆的名字变成青春时期的痛苦的"越过"，是朝着深渊而不是朝着全景的"越过"。大自然竭力对你做同样的事情，但你越过了西尔维娅，朝着虚无发火，以你从沉默中开采出来的新的诗歌堵死了它的路。

正是在似乎更黑暗的时候，在这诗歌的回归中有某种肯定的东西：那个给我写信的早产女孩表现出同样的矛盾，她以比正常出生的人大得多的力量投入生活。然而现在，在无穷中的遇难绝无甜蜜可言，正确的形容词是"苦涩"，你在歌颂未来时越来越多地使用这个形容词，你不再越过界限寻找无穷，而是为失败哭泣。界限是无法越过的。脆弱性是死刑判决，早先还是隐秘的，后来越来越明显。

贾科莫，即使生是死的信号，还要继续歌颂生活，这有意义吗？如果我们是指向死亡的生命，特别是当我们内心的生活更充实的时候，我们为什么还信任它呢？

坠入黑夜

发现自己处于虚无之中时，
我感到恐惧。
我自己就是一种虚无。
想到并感觉到一切都是虚无，
都是坚实的虚无时，
我就感到窒息。
——
《杂感录》，1819—1820 年

亲爱的贾科莫：

生命经常表现出外科手术般，甚至形同暴虐的残酷，仿佛要把赠予我们的最珍贵的礼物要回去。对于你，生命缓慢但毫不留情地要回你的眼睛，你的眼科疾病越来越长时间地阻止你阅读和写作，那是唯一一件可以减轻你身体和精神痛苦的事情，唯有阅读和写作能让你另谋生计，远离雷卡纳蒂，不再依赖你的父母。正如贝多芬被逐渐夺走听力一样，你的视力被夺走，直至让你痛恨光，因为光给你带来痛苦："我就不说眼睛了，我的眼睛把我

整得像猫头鹰，痛恨并逃避白天。"（《致皮埃特罗·乔尔达尼的信》，1821 年 7 月 13 日）

第一次严重的眼疾发生在逃跑失败的时候，当时你甚至害怕失明。眼疾引起了精神危机，把你抛进了一个内心的黑夜，后来你把这黑夜比作你的"哲学皈依"。你抛弃了一切希望，投身于寻找真理。你不再逃向篱笆的外边，而是研究篱笆，研究它为什么会成为无法逾越的障碍。消灭了心灵，坠入了理性至上主义。

你不再相信上帝，你把你的所有痛苦都归咎于他，犹如一个嘲弄的判决：造物主先是召唤人生活，但后来又不让人品尝生活的滋味。也许万物里面有美，但人的生活里没有。

> 我对我身边的一切都失去了兴趣，不知道还有没有力量拿起笔……我再也看不到死亡与我的生命之间的差别，连痛苦都不再来安慰我。这是头一次，厌倦不仅压迫我，让我疲劳，而且如同严重的痛苦折磨我，让我心神不安。万物的空洞和人的状况让我如此恐惧，我丧失了理智，觉得就连我的绝望都是虚无。
>
> 《致皮埃特罗·乔尔达尼的信》，1821 年 7 月 13 日

黑夜在内心也压倒了一切。"丧失理智"不是为了找到自己，而是为了完全消失。然而，这个丧失理智是心醉神迷的直接后

果，心醉神迷没有找到变成现实的土壤，至少看上去是这样。不过这一坠落是必不可少的，这正是成熟。

贾科莫，现在只有陷入绝望了，只有拥抱黑夜了——眼睛和精神的黑夜。剧烈的偏头痛迫使你黎明睡觉，黄昏起床，以此躲避阳光。《杂感录》越写越厚，《道德小品》的理性主义散文在成长。至于希望，只留下了过去的回忆，证明希望不过是欺骗。西尔维娅——沉默之后诗歌的回归，其实是回到过去，为了揭穿掩盖着它的幻想。现在，灵魂充满了厌倦。

这种厌倦，在我们工作的时候可能打击我们，在我们度假的时候也可能打击我们。它不是娱乐的反义词，而是感觉的空虚。你会说感官的空虚，感官找不到足以满足它们的欢愉。不是我们在读一本书、看一部电影或进行某种反复重复的娱乐活动时所体验到的那种厌倦，而是关系到存在，把一切都抛进没有差别的黑暗的厌烦：我们变得对一切都无所谓。

在这种情况下，人会幻想娱乐能够医治空虚，然而空虚被安置在深处，娱乐只能滋润我们自我的周边，无法到达自我的中心。娱乐可以转移、分散、驱赶注意力，可现在需要集中注意力于中心，从中心出发。只有从全神贯注出发，才能抓住生活。娱乐可以理解为逃避，在这个意义上可以添加，可以无限重复，但空虚仍然留在那里，娱乐恰恰变成了回避感觉空虚的方式，如同有人开着收音机或电视，不是为了听或看，而是因为太害怕寂静和寂静所带来的真实。

寂静，那种外在的寂静，我是从你的故地有所了解的。我还记得第一次去雷卡纳蒂的情形。那是一个温和的夏季傍晚，月光下，我坐在田野当中，看着大海，寂静中我感觉天地在随着平静的风翻滚。一切看上去都是如此淳朴、如此明亮、如此清楚，以至于必须告诉所有人，这个世界上存在着美。只有远处的汽车声音时时打断这田园诗境。你曾截取了所有那些声音，包括最细微的：回家路上的农夫吹口哨的声音、茂盛树枝的沙沙声、打谷场上母鸡咯咯的叫声。那一天我明白了，只有寂静能让人超越他所生活的时代。你在作诗时教导我把寂静当作对可能性的探索。也是因此，我从未停止读你，就为了感觉你这个朋友。当我的生活中有太多的噪声时，我就回到那个雷卡纳蒂的夜晚，回到每一个生命的夜晚，迎接寂静、休息、阅读、祈祷和爱情。任何人如果不一级一级走下寂静的阶梯，与自己面对面，不戴面具，不假装，不说谎，就不会了解自己的深度。寂静里隐藏着最赤裸的真实。

然而，贾科莫，如果娱乐在我们看来是解决办法或疗法，就不应该抛弃。它有什么要教给我们的吗？它为我们指示了什么样的道路呢？

娱乐意味着关注某种不同的东西，不同于某种到目前为止占据了我们注意力的东西。放弃了千篇一律，转向"新东西"。今天，新东西只是最近的东西：新款、新商店、新房子、新游戏、新唱片……然而，在最近的东西中寻找新东西的人常常弄错。

　　厌倦就是缺乏新。你知道，贾科莫，与新对立的不是旧，而是千篇一律。新之所以新不是因为发生在后，而是因为以深度而论"更深"，并且"更好"。"最近的东西"在我拥有的时候就已经旧了，而新则是因其内在的力量不断更新的东西，犹如一棵树的年轮，随着季节的每一次循环而形成于其生命中心周围。相反，旧是因耗尽不能再奉献自己的东西。一首贝多芬的乐曲、一幅塞尚的画、一首但丁的诗，比一首夏季流行歌曲更新，因为它们越来越多地奉献自己，而一首夏季流行歌曲只能持续到一个季节的终结。因此"新"不应该是迫不得已的"不同"，但可以是"同样"而又不因此变得"一律"。当一个心灵对另一个心灵说"我永远爱你"的时候，它只不过提出了一个能够总在同一个人身上发现新东西——在有限之中发现无限的要求，除此之外又能是什么呢？这个要求取决于一种能力，就是停留、耐心等待、到达自己和他人的更深一层的深度。当我们感觉到自己旧了，该扔掉了时，新能够提醒我们不要忘了我们的新奇之处。

　　例如，今天人们说学校教育令人厌烦，确实是这样，但是如果认为学校教育因此应该变得好玩，在上述那种肤浅的意义上，那就错了。其实学校教育应该变得有趣，也就是真正的新：能够引发惊奇，从而激发对无穷的寻找，点燃可能性之火。

　　然而，这个世界上存在着某种常新的东西吗？贾科莫，连你也不再相信了。那么生活就成了悲惨的判决。这是醒悟的时刻，我们在学校过于仓促地把你的醒悟称为你朝着宇宙悲观主义的转折。你理解，阻碍幸福的不是历史极其不稳定的状态，我们要做的不是找回丢失在路上的东西。不幸福是万物的构成状态。大自然迫使人幻想，但又不为其提供达到幸福的工具。它给了人饥渴，但没给解渴的嘴和可以汲取的泉水或可以汲取井水的水桶。

如果这种产生饥渴的热情只是一个更残酷的判决又该如何加以利用呢？为什么自以为比在鱼缸里看见海的金鱼要优越呢？意识到未来而不仅仅意识到一个永恒的现在有什么用吗？如果这个未来后来因为一次破坏性的跌落转而反抗我们自己，为什么会留在我们的心里呢？

那个年轻人在进入生活的时候发现自己不论什么原因和情况，不论以什么方式被这个世界拒之门外……我是说那个年轻人发现自己或者像经常发生的那样被自己的亲人，或者被外人拒绝，并被排斥在生活之外……以至于由于他非比寻常的敏感、想象、细腻、内心生活以及精神和性格的脆弱，乃至对自己的超常温柔、更强的自尊、对幸福和享受的更强烈的渴望和需求，这些障碍变得更加不同寻常，拥有更大的力量……这样一个年轻人经常会转移全部热情以及精神和物质力量，这种热情和力量要么是他那个时代普遍具有的，要么是他的性情所特有的，要么是二者兼而有之，它们推动着他奔向幸福、行动、生活，而他却把它们转向争取不幸福、无所作为和精神死亡。

《杂感录》，1823 年 11 月 5 日

我知道，贾科莫，你在说你自己，但你也是在说许多认为自己的独特性是罪过的人。世界希望他们正常，也就是平庸，直至让他们相信那种独特性是错的。由于过于害怕他们的心醉神迷不能实现，为了不再痛苦下去，他们逃避生活的抵抗，这种生活的抵抗引起了他们的持续不断的死亡，阻止了把抵抗化为现实的召唤的可能性。然而，我们从上小学就学到，一颗种子正是由于有了肥沃土壤才能发芽，也就是说有了大片让土地肥沃的死物。如果不接受这种肥沃的死亡，活泼的心醉神迷就会瘫痪，热的就会变成冰的。

他变得仇恨自己和他最大的敌人……他把全部精神生活投入于拥抱、承担和持久保持他的精神死亡，把他的全部热情投入于结冰，把他的全部焦躁投入于维持千篇一律的生活，把他的全部坚忍投入于选择受苦、要受苦和继续受苦，把他的全部青春投入于让自己的精神变老……由于所有这一切都是他的热情和他的自然力量的结果，他走到远远超过需要的

地步：如果由于他的精神或身体缺陷或由于他的环境，这个世界拒绝给予他如此多的享受，他自己就会剥夺掉十倍。

热情没有被摧毁，因为生活所特有的东西是不可能被摧毁的。然而热情可以用于摧毁。成熟期敞开的两条道路是：创造和摧毁。摧毁是失望的人的创造行为，失去对自己独特性的希望，失去对美和对新的希望，就会摧毁。与创造相同的冲动和激情可以投入到摧毁中去。

我还记得一个女孩在因厌食症去世前写给我的日记，她评论了《白青春，红恋人》[1]中的一句话，希望有那么一天有人会让她穿上与她的身体相称的最美的衣服，她在世的时候没能找到和试穿这样的衣服。她死后，她的母亲把那篇日记复制了寄给我，我读了那篇日记不禁为生活弄人而伤心。生活如同那件衣服一样，绝不会与我们对幸福的渴望相称。

帮帮我吧，贾科莫，让我在面对这一眩晕时不那么害怕。这一眩晕是心灵自己引起的，但它不知道如何满足，从而坠落到厌倦中。你所说的厌倦变成了我们这个时代的通病，即没有面具的脆弱，没有对生活的感觉，我们称之为抑郁。没有感觉是活着经历的死亡。你想通过搬家寻找安身之地，但你在试图逃离之后那

---

1. 《白青春，红恋人》（*Bianca come il latte, rossa come il sangue*）：本书作者的一部小说。

些年的旅行并没有缓解你的沮丧，反而让你更加郁闷。旅行不足以解决问题。那是黑暗的时光，写诗中断了，因为写诗需要相信生活的诗。要恢复写诗，必须先补充沉默，占有沉默。这就是成熟，也就是死亡。为再一次写诗做好准备：从更深的领域，超越黑夜的领域写，用新的形式写，给黑夜的混乱和心灵对黑夜的恐惧以光明和秩序。

死亡总是时髦的

我的计划需要多次生命，
而我几乎连一次都没有。
——
《致皮埃特罗·乔尔达尼的信》，1821 年 1 月 5 日

亲爱的贾科莫：

　　当我的一个学生为了赶时髦在自己的身体上打孔或让人在自己的皮肤上做文身的时候，我就对他讲了你是怎样看待这种事情的：为了让自己"更显眼"或为了更好地"讲述自己"，愉快地接受在自己的身体上打孔。

　　虽然我在介绍你时称你是最伟大的现代诗人，但实际上你是一个古典诗人。"时髦"与"现代"这两个词词根相同，你当时并不时髦。"现代"的意思是属于"最近"，你早就懂得，现代性

145

切断了与过去的关系就会陷入大困惑，这个大困惑来自现代性受到崇拜的支配：崇拜"最近"，进而也崇拜"暂时"。

仅仅有"最近"的人没有历史，因而也没有命运，犹如一颗种子在太浅的土壤中打开就难以生根。年轻人应该古老，因为要与众不同就应该原始。然而那个"最近"竭尽全力把年轻人变成它的。时髦是死亡的妹妹，时髦的面孔比死亡的面孔更有诱惑力。

你已经感觉到了这种隐秘的亲属关系，你是最早说时髦与死亡是姊妹的人。你甚至向死亡透露了你的发现，但它一无所知：

> 时髦：我是时髦，你的妹妹。
>
> 死亡：我妹妹？
>
> 时髦：对，你不记得我俩都生于暂时性吗？
>
> 《道德小品》之"时髦与死亡的对话"

死亡不愿相信时髦的话，但时髦向它说明，它的行为全都是为了让人活着死去，将"新"与"不那么旧"混为一谈。这个"没那么旧"一副不朽的样子，但事实上只是最近：

> 时髦：我们是姊妹，我们之间可以不必过于拘礼。你想我怎么说，我就怎么说。我要说的是，我们的天性和共同习惯是不断地更新世界，但你从一开始就投身于人和血，我则

满足于主要操心胡子、头发、衣服、家具、房子及类似的东西。的确，我过去和现在都没少做可以与你相比拟的游戏，譬如在耳朵、嘴唇和鼻孔上打孔，再挂上小玩意儿，以此撕扯它们；用炽热的模子烫人的皮肉，让他们为了美观留下烙印；让一个地方形成所有人都戴面具的习俗，就像我在美洲和亚洲做的那样，用绷带或其他办法把孩子的脑袋弄变形；用纤瘦的鞋把人的脚弄残；用紧身衣束缚人的呼吸，让他们的眼睛凸出；还有许多其他类似的事情。总而言之，我说服并强迫所有绅士每天都忍受千般辛苦、千般不舒服，而且常常是痛苦和折磨，我要让有的人为了对我的爱骄傲地死去。

听了这些说辞，死亡仍然不大相信，于是时髦给了它致命的一击，向它说明，是时髦消灭了人对死亡的愚蠢的最后抵抗，也就是寻求不死，从而把人完全交给了死亡。多亏时髦，人现在不知不觉被完全送到了死亡的手里。

时髦：除此之外我还给这个世界设置了这样一些秩序和习俗，让生命本身出于对身体和精神的尊重生不如死，以至于可以说这个世纪正是死亡的世纪……我移除了这一寻求不死的习俗，也移除了授予某些有作为的人不死的习俗。这样，在当下，不论谁死亡，都可以确信自己浑身已再没有一个不死的碎片，他最好完完整整地到地下去，犹如一条连头带刺被一口吞下的小鱼。

死亡接受了时髦的说辞，意识到它们的联盟已经是既成事实：所有让人感觉到自己独特的东西不过就是与死亡的对接。我在读你关于打耳洞、做文身的评论时，我的一些学生对我怒目而视（即便今天也有人视你为丧门星和厌世者），因为他们所做的似乎并不是什么新玩意儿。然而问题恰恰在这里：熄灭了隐藏在人的心灵中的对不死的追求，让人满足于独特性的替代品，让追求高度的愿望破灭。

青少年的心醉神迷失败、希望破灭的风险就在这里：倒退到一个纯粹死亡的界限，仅仅适合于死亡，满足于用时髦的小东西治疗自己的可能死亡之伤。

一次，一个男孩给我写了这样的信："我祝贺你出了书，你的书在涉及青少年的时候既不掩饰优点也不掩饰缺点。作为一个十五岁的少年，我想向你提一个平庸而愚蠢的问题：你幸福吗？

"最后，我想跟你谈一个问题，在别人眼里不是个问题，但对于我来说是。我出生于一个丝毫没有受到危机影响的家庭，我有父母（分居），他们都有工作，工作几乎占据了他们全部时间，但问题不在这里。我拥有很多东西，如最新款的iPhone、摩托车、名牌衣服，我要什么他们就给我买什么。我知道你会觉得我是个不感恩的疯子，但我所拥有的一切都不能满足我。我常常见到我的同学出了校门到父亲的办公室吃午餐，女孩子周末跟着母亲到购物中心买东西，于是我就想，这么辛苦地工作有什么用，到最后什么具体的东西都没给你留下来。

"我宁愿乘地铁或有个破手机，但能够偶尔与我的父亲去吃冰激凌，谈谈政治、足球、学校和工作。或者我的母亲能够像别人的母亲一样偶尔周日来看足球比赛。然而，他们却忙着做生意、赚钱，根本感觉不到我目前的状态让我很不舒服。

"我知道你会怎么想，我所有的同学、朋友都那么想：不可能什么都得到，我已经很幸运了。相信我，再没有什么比青春期没有父母的陪伴更糟糕的了。

"附：我知道你会收到海量的邮件，但如果你能回答我上面向你提出的问题，我会非常高兴。"

我给他回信说我幸福，因为在过去的岁月里尽管有跌倒有失败，我始终忠实于我的志向。尽管我脆弱，能力有限，但我仍然觉得我的生活有意义、充实、丰富。然后我建议他把对我说的话告诉他的父母，可以给他们写封信。结果如下：

"感谢你给我回信。我试着同他们交谈，告诉他们生活的重要价值是什么，但他们视我为被惯坏了的孩子。你知道，有时候连我自己都觉得荒谬，我竟然成心闯祸，好让他们处罚我（这样的事情从未发生），或分散他们的精力。我很失望，因为我希望他们教给我的全部就是我想有一天教给别人的东西，我从他们身上已经看不到父母的角色！虽然我有父母，但我却是孤儿！我学到的唯一东西就是，一个关注的目光或拥抱可以压倒这个世界上的所有东西，这将是我要教给我的子女的第一个东西！再次感谢！"

这个男孩感觉自己的生活失去了意义，尽管他被塞满了最新款的玩意儿。他本可以心安理得地接受，不必操心心中的痛苦。他本可以满足于一个可以放在衣兜里的、可以重复的、可以复制的无穷，就像我们所有人常常做的那样，不必再去寻找无穷本身。我们满足于经历和激情持续不断的重复，到头来会让我们厌烦，推动我们寻找越来越强烈的感觉，直至找到所有感觉中最强烈的那个，即自我摧毁。然而这个男孩正是从自己的无数失败中得出了要教给他的子女的教训：他的伤变成了未来，变成了生活。

贾科莫，你已经预见到（真正的诗人一向也是预言者，他让他的同时代人，也就是所有读他的人睁开眼睛）：年轻人仍然活着的并且敞开的心灵熄灭了，社会就被摧毁了，分隔开的、相互怀疑的个人就被创造出来了。这就是你从其一诞生就想予以粉碎的联盟——时髦与死亡的亲密联盟。

贾科莫，今天我相信时髦的死亡可能隐藏在技术中，技术带领我们移除四季的耐心：一切都应该是永远和此刻活着的、当今的、按一下开关立马可得的，不再有时间的概念了：蝶蛹、胚胎、种子都是花费太多的时间、太多的辛苦才结出果实的现实。我们要一切，而且是马上，无限。我们用技术的装甲遮盖住我们的脆弱性，从而感觉不到我们的脆弱性了。

与其学习接受脆弱的艺术，不如赶时髦，也就是说不如面对死亡。

不忠实于自己，或者说不幸福

接受不幸福的艺术。
接受幸福的艺术，
是过时的东西，
无数人教过，
所有人都知道，
但实践的人寥寥无几，
更没有人取得效果。
——
《文学计划》中一个待写的作品的题目

亲爱的贾科莫：

　　不了解自己导致不忠实于自己。这种不忠实可能走上两条道路，一条不如另一条吵闹，但同样绝望。

　　第一条路，我已在别的信里跟你谈过了，就是逃避自己，选择幻想的但有保障的道路，不停地旅行，到外面寻找没有勇气在内心找到的东西。由于没有目的地，就屈服于不相称的脚本，屈服于面具、时髦、声誉。如果穿错了衣服，等到想要改变的时候为时已晚，无法给生活一个新的开端。这样的事情在你那个时代是经常发生的：

> 凡此种种都属于这个话题……年轻人的出家，选择居家或住在乡下。在刚刚步入青年时脱离社交，特别是活泼敏感的人，随后又出于习惯、对人的尊重以及由此产生的没经验，不得不继续社交，追求非同寻常、新奇、开始，在不适合于开始、不适合于新的目标和生活的年龄改变目标和生活，惧怕这一切所伴随的议论和可笑。
>
> 　　　　　　　　　　　　　　《杂感录》，1823 年 11 月 5 日

第二条路是把那种热情对准摧毁，而不是建设，如同一个小孩子为了了解自己的玩具如何运动就把它拆毁一样：

> 年轻人比老年人更可恨、更有害，因为年轻人除了有作恶的内部倾向和坚决意志，还有能量和能力。年轻人的热情、力量、冲动和激情一度引导人向善，现在却引导他们直接、完全、坚决地向恶，热情越高，人就越坏、越有害、越可恨。
>
> 　　　　　　　　　　　　　　《杂感录》，1823 年 9 月 25 日

有一次访问圣维托雷监狱，我认识了一位年轻人，他想面对面告诉我为什么会落得这么个结局：他很小就被父亲抛弃，十五

岁的时候母亲死了，他充满了对生活的愤怒，开始打劫，没有多久就去抢银行。他的力量和热情难以平息，最终觉得自己可以掌控生活，受到所有同龄人的钦佩，可他摧毁他人的生活。后来被捕的时候，他的所有"钦佩者"和"朋友"都抛弃了他，落得孤身一人，一无所有。

唯一与这两条不忠实于自己的道路相对立的第三条道路是忠实于反叛前两条道路的心灵，它感觉到对一个不相称的和不充实的命运的深度厌倦。

说到这里我想起一个十四岁的男孩，他考入一所技校，因为他的家人都上这所学校，这所学校成了他所能看到的唯一未来的地平线。然而有一次在他的学校里开见面会，他走到我跟前问我能否做他的"孟托"。我曾经讲过《奥德赛》中孟托帮助泰勒马科斯寻找父亲的故事。他早就想做文豪和演员，但没有勇气对自己的亲朋好友说，于是转而做出了一个有保障的选择。然而他感觉自己正在丢失某种特别重要的东西，一种让他心神不安的内心抵抗。于是他鼓起勇气在后来的夏季开始研读对他来说很困难的科目，自学了希腊语和拉丁语。他给我写信说已经上二年级了，他向自己和世界表明能够做到什么，他为此感到幸福和强大。当年轻人因为一个真正的心醉神迷而"丧失理智"时，当一位导师毫不留情地考验他的志向并鼓励他不要害怕拼搏时，什么也挡不住他的热情。

贾科莫，告诉我，如何倾听心灵的躁动不安而又不因过于害怕生活的真实召唤把其压缩在胸中？告诉我，如何才能不因生活愚弄我们或在生活让我们醒悟之后为心灵披上装甲？是平静的苟活好，还是不平静的生活好？是为生活而死亡好，还是为死亡而生活好？

只有爱原谅我们的现状，也许这不是什么好消息

了解和拥有自己，
常常要么来自需求和不幸，
要么来自某种强烈的激情，
主要是爱。

——

《思想录》第八十二篇

亲爱的贾科莫：

几天前，我乘火车去参加一个我的新书见面会，想着该说点什么。火车在一个车站停留时间较长，让我可以从我的思绪和笔记中脱出片刻。我抬眼望去，眼前是城墙，墙上的蓝色大字很有可能是夜间写下的："可然后我看见了他的眼睛。"

那一刻，我明白了我该说什么。引号在生活的白页上打开了一段对话：必须同拥有那双眼睛的人交谈。接着，那个连接词"可"说明从前的生活是平庸的，没有震动的。突然间出现了眼

睛，看着他或她。终于生活获得了意义。那个"然后"是必不可少的，"然后"之前一切都是没有形状或形状单一的。那双眼睛于百万人当中看着我们，并且仅仅看着我们，好像对我们说"众人当中我选择看着你"，把我们从默默无闻的状态拉出来，从犯错误的人和看不见的人的世界拉出来，为我们的生活增加了深的维度，因为它们在我们的来源地达到了我们。那目光原谅了我们的现状，让我们降低了对接受爱的抵触，向我们显示虽然我们脆弱、有不足，但我们现在这样很好。我们要向那双眼睛面对面讲述的第一件事情当然不是我们有多么优秀、多么美，不是我们的结果，而是我们有多么矮小、多么脆弱，因为我们终于发现了有人能够看着我们的赤裸裸，又不让我们感觉到自己赤裸裸，而是穿着衣服，穿着我们自己。那目光帮助我们把我们的生活当作最美的衣服穿上，帮助我们超越自己达到我们的高度和美，犹如园丁的目光让玫瑰的种子变成花。谁发现了那目光谁就能够发现什么是慈悲、宽恕和成熟。孩子在母亲和父亲的眼睛中认出了自己，爱人在爱人的眼睛中认出了自己。没有这些眼睛，就不能从根部成长起来，不能在冰冷肮脏的底土中存在，也就不能到后来成为茎、叶、花、果。因此，爱是真正的拯救体验："我不需要敬重，也不需要光荣和其他类似的东西。但我需要爱。"(《致安托尼埃塔·托马西尼的信》，1828 年 7 月 5 日)

贾科莫，我一直梦想得到这样的眼睛，多亏上帝，我找到了。当你找到它们的时候，它们就不可能再被夺走了，在此生范围内可能的幸福就变成现实的了。爱和被爱的人点燃了其全部生命。当我注意到我的学生的举止突然变得轻快敏捷时，我就会想"他恋爱了""她恋爱了"。只有那双眼睛让命运可以居住，把命运变成目的地，赋予生命一种力量感，这种力量感也许不是心灵所要的全部幸福，但却是充足的养料，足以支撑总是缺失的东西：

> 最后，生活在他的眼中有了新的面貌，对于他来说已经从听到的东西变成了看到的东西，从想象的东西变成现实的东西，他感觉到在生活当中，也许不再幸福，但可以这么说，比以前更强大。
>
> 《思想录》第八十二篇

你在你的生活中也寻找过这双眼睛。两次，而且两次都没有得到回报。既然生活似乎剥夺了你的所有幻想，你的最后一个，也是最重要的愿望——爱，比以往任何时候都更强烈了。就在你的心灵熄灭、干枯的时候，第三双关注你的眼睛给了你为你的脆弱性找到家的希望。那是 1830 年，就在同一年你与三年前认识的安东尼奥·拉涅里结成了兄弟般的友谊。

是法妮·塔尔焦尼·托泽蒂，佛罗伦萨一位贵族妇女的眼睛。这位女士敏感，才华出众，为你的成就所吸引，为因你的成就而结识的名人所吸引，但不是为你本人所吸引。一个热烈的目光和一个甜蜜的微笑做了其余的。你把她视为能够战胜忧伤的人。但那份爱仅仅是你的一个愿望而已，对于她来说不过就是愉悦的交谈，惺惺惜惺惺惺，有那么一点点，也许不止一点点卖弄风骚。贾科莫，你很难接受这又一个希望破灭，难以承受从幸福的幻影中忧伤地觉醒：

> 我不该给您写这些。您美丽，受大自然的眷顾在生活中熠熠生辉，春风得意。我知道您仍然倾向于忧伤，所有高贵天才的人过去是将来也永远是这样。不过坦白地说，尽管我的哲学黑暗绝望，我相信忧伤不适合您，也就是说，虽然自然，但不完全合理。至少我希望这样……再见，亲爱的法妮。
> 《致法妮·塔尔焦尼·托泽蒂的信》，1831 年 12 月 5 日

你在《一个灵魂的历史》中已经以你惯常的精细描述了大约五年前的一段友谊。你头一次发现泰蕾莎·卡尔尼亚尼·马尔维齐伯爵夫人是一位可以与之推心置腹的女人，她也理解你：

> 刚刚认识她的那几天，我处于一种兴奋狂热状态。除了开玩笑，我们从未谈过爱情，但我们的友谊温柔敏感，相互

欣赏，松弛，犹如毫无紧张的爱情。她对我高度尊重，我为她朗读我的作品时，她常常由衷地流泪，毫无做作。别人的夸奖对于我没有任何意义，而她的夸奖全部化成了我的血，全部留在了我的灵魂里。她喜爱并理解文学和哲学，我们之间从不缺少话题。几乎每天晚上我们自黄昏至半夜在一起，对我来说似乎只是片刻。我们相互倾吐衷肠，相互纠正，相互指出缺点。总之，我们的相识构成并且将构成我的生活中一段难忘的时间，因为这段时间让我醒悟，让我相信这个世界上还有我原来以为不可能有的欢愉，让我相信我仍然能够克服如此根深蒂固的认知和习惯继续幻想，让我的心灵在沉睡了，不，是在彻底死亡了多年之后，复苏了。

《致卡尔洛·莱奥帕尔迪的信》，1826 年 5 月 30 日

这种形式的爱情唤醒全部生命并使之可以把自己当作必不可少的命运予以审视和拥抱。几年以后，在你遇到法妮的时候，这种爱情在你那死去的灵魂中再现了。它是新的呼唤、新的心醉神迷，并因此是最可怕的失望。贾科莫，没有什么像一份得不到回应的爱情一样能够让我们生不如死，因为它向我们证实，那双我们为了居住我们的脆弱而寻找的眼睛不存在。我们的赤裸裸不值得一丝一毫的怜悯，我们被赶回看不见的人、犯错误的人、孤独的人的世界，继续默默无闻。随着爱情希望的破灭，你心中所有

能够缓解你的心灵及其孤独的其他抱负、幻想和希望都破灭了。没有爱情的生活不过是一个玩笑、一个戏弄人的悲剧：

> 我觉得您不用指望我会有什么新的东西。您知道我厌恶政治，因为我相信，而且看到，在任何政府形式下个人都是不幸福的。是大自然造就了不幸福的人。我嘲笑民众的幸福，因为我的小脑子无法想象由不幸福的个人组成的民众会幸福。我实在无法跟您谈文学的消息，因为我向您坦白，由于放弃了阅读和写作，我非常怀疑我已经丧失了对文学的基本认知能力。我的朋友们都很生气，他们有理由寻求光荣，造福于人。可是我不指望造福，不期盼光荣，我不认为躺在沙发上一眼不眨地度过我的日子有什么错。我发现土耳其人及其他东方人的习俗很有道理，他们满足于成天蹲在那里傻傻地看着这个可笑的生活。
>
> 《致法妮·塔尔焦尼·托泽蒂的信》，1831 年 12 月 5 日

对光荣和爱情的愿望不幸破灭了，那是你最倾心的愿望。你既没有得到光荣，也没有得到爱情，只有一个弯曲的身体。然而，你继续支撑着身体从你那最深沉的黑夜开采出最后的痛苦之歌。你的眼疾恶化了，眼神经的虚弱更持久、更痛苦，迫使你像夜间的飞蛾一样生活。你坠入了绝望的黑夜，但你把黑夜变成了

飞翔。在你的诗歌中，最绝望、最现代的篇章就这样诞生了。

　　贾科莫，我多么希望你没有经历那个爱情得不到回应的悲剧，但正是由于那段经历，你让许多人也能够体验感官的黑夜。

《给自己》：心灵是我们最大的敌人

恶神，
你为什么要把某种欢愉的外表放入生活？因为爱情吗？
……为了用愿望折磨我们，
用他人及我们的过去作对照折磨我们吗？
行行好吧，别让我度过第七个五年。
我不求你给我任何这个世界称之为善的东西，
我只求你给我被认为是万恶之首的东西——死亡。
我无法，无法再忍受生活了。
——
《致阿力曼》

亲爱的贾科莫：

　　心灵让最有诱惑性的骗局、最残酷的折磨——爱情欺骗了。
你只能成为它的敌人。心灵是幻想、愿望、计划以及篱笆外边的
无穷之源头，然而生活却一个一个地将它们粉碎。你发现了万恶
之起因，连同可能的疫苗。你要传递给所有人的可悲秘密是：幸
福只是一个无能心灵的产物，犹如我们心中的无穷遗忘的遗物，
那是一个在任何其他地方都不存在，因而是可望而不可即的无
穷。因此，心灵只是一个隐喻，人发明这个隐喻是为了诉说自己

对不可能的渴望。

　　然而，对于你来说，心灵不仅仅是今人所理解的那个东西：与理性相对立的情感、与冷漠相对立的情绪、与计算相对立的直觉。对于你来说，心灵是认识的源泉，有些事物唯有心灵能够"理解"，人是无法达到的。心灵先于任何理性拦截了一个价值，立即感觉到其深度并产生共鸣。你把这种现象视为"心灵的运动"，一种对于让我们感觉自在的东西的向往，一种对我们施加沉默但有效的吸引力的精神重力。

　　心灵让我们体验到与一个东西或一个人的亲近，仿佛他们一直居住在同一个屋檐下。小孩子不懂得一张钞票的价值，只有在向他们解释那张纸片代表什么的时候，他们才会懂得。然而同样是小孩子，不需要任何解释和说明，就能理解某种让他们惊奇的东西的价值，如一件礼物、一座沙城堡、一颗星星。心灵承认生活，希望爱，更希望被爱。这并不意味着心灵是非理性的，只意味着不需要经过逻辑推理的所有步骤，譬如承认一个风景、一个面孔、一幅画的美，而不加以论证。那美唤醒了它，邀请它参与全部生命的运动，促使它接受、捍卫并弘扬那个价值，就像一位教师教自己的学生，一位作家创作自己的人物一样。在这个意义上，爱情没有化为一个被动的反应，而是一个主动的行动：响应一个呼唤，采取主动，争取使那个价值更加现实。贾科莫，你承认心灵的这种主动能力，当然不是一种易得的短暂激情，而是一个生死问题。因此，现在正是这个你曾经寄予了希望的心灵成了要打倒的敌人。由此诞生了你最动人的组诗——《阿斯帕齐娅组诗》，这是真正的被摧毁的心灵的诗。在被粉碎的人性的舞台上留下了这些诗句：

给自己（1833—1835）[1]

永远休息吧，疲倦的心。你那
最后的幻想已破灭，我曾确信
它会永存。它去了。我深知
对任何更多的美丽幻觉的
热望以至萌念，都已捻熄。
从此停跳吧。你已
搏动得太久了。没什么值得
这样舒张和收缩；大地
不值得一声轻叹。生命无非是
痛苦和厌倦，而世界
是一团泥。安息吧。这是

---

1. 黄灿然译。黄灿然先生为了配合后文对《给自己》的分析，特意为这首译诗最后几行的句序和个别字眼做了重新的调整。

最后的绝望。命运给我们的不是礼物

而是死亡。那就对这一切

投以一道冷眼吧：对你自己，对大自然，

对推动一切事物走向毁灭的阴森而隐蔽的力量

和无穷的全是虚荣的一切。

  你给这首诗定名为"给自己"，它就是你与你的一个对话，两个你演了一场戏，戏中理性与心灵争夺舞台，前者要求后者停止跳动。为了死亡而复苏的心灵仍然只是一场残酷的游戏，把受伤的无穷，也就是我们，赶回到绝对的孤独与封闭。当它重新打开时，又受到了致命的一击。贾科莫，爱情，如果不是向某人吐露自己最薄弱的点又是什么？一旦那个人不再爱我们了，就可以打击我们。如果最大的希望变成最痛苦的死亡，那又为什么活着呢？"如果爱情让人不幸福，那么其他既不美也不适合人的东西会做什么呢？"（《致法妮·塔尔焦尼·托泽蒂的信》，1832 年 8 月 16 日）

  与其遭受其他折磨，不如死亡。这就是你在这首诗中命令心灵做的。你做了只有在不放弃真实的诗人的想象中才能做的事情：把梗死强加给心，命令它停止跳动，停止接纳和给出。你成功地写出了这首极端的诗。

  《无限》写了十五行，《给自己》写了十六行。这不可能是偶然，《无限》已经多出了第十五行，《给自己》这多出的第十六行，用严酷的证明，让那个挽救沉没的梦想失去了意义，因为就无限而言，只有一切的无限虚荣。第十六行如同一块石碑否定并关闭了跨越篱笆的可能性。没有任何东西是甜蜜的，生活的情感被定义为"痛苦"，并且接近那个悲惨的厌倦。贾科莫，厌倦是对一个从未满足并且难以满足的心灵的判决。现在，只能休息了，平心静气地休息，死亡。这是这部心灵的小说的最后一章。成熟就是死亡。思想的"想象"在想象的时候到达了无穷，甚至吓坏了心灵。在这里，思想的"想象"变成了"泥"：人来自泥，又回到泥。那种口气只是一个判决。

《无限》运用了婉转悦耳的十一音节诗句，这些诗句在持续不断的冲动中相互超越。《给自己》不再有十一音节诗句，证明已经摆脱了单句节律规定的限制。在这里，十一音节诗句被七音步和跨行连续打断，以此强调无限的反义词——不可逾越的界限，界限外面什么也没有。唯有压抑人超越自己的本能，但丁在其诗中称这一本能为 disio，即欲望，及 dilectio naturalis，即人对于无穷的天然向往。还有理性给心灵下达的不容置疑的命令，向其指出整个存在的失败。但丁在其《神曲》的末尾发现，那个无穷就是上帝并且与"意愿"重合。我们对爱情的根本愿望与我们为实现这一愿望而想要的东西最终重合了。但丁为其对无穷的渴望找到了答案，有人能够满足人的贪得无厌的愿望，对其脆弱而有限的生命的需求和爱是永恒的。于是，但丁回到大地向人们讲述这个人的故事。

贾科莫，你正相反，你要求你的"愿望"停止，因为你的意愿没有找到任何能够满足你心灵中基本的爱情愿望的东西。为消解一个难以遏制的饥渴，只能消除解渴本身。只要真的能够像那些最痛苦最冷酷的人一样"没有良心"，追求无穷的本能就应该连根除掉。贾科莫，这里正是你的艺术超越你的地方。你正在歌颂的就是这种痛苦的感觉。正是从这种痛苦开始，美像血涌出伤口一样渗出。

你没有放弃歌颂。你没有把自己关在沉默中，没有做虚无的鼓吹者，因为虚无不是现实。这意味着你把美本身放到了你的第十六行诗句之外。在整个宇宙的无限虚荣中，唯一非虚荣的现实就是诗歌：那是语言的宇宙，混乱中的秩序，垃圾中的世界。这就是你的真正命运：像凤凰一样从你那理性的灰烬中脱出。你的成熟在这里，正是在表面上的失败中达到。语言从黑夜升起，安然无恙，闪闪发光，犹如水灾过后幸存的火。即使在创作就是抨击虚无的时候，你也没有停止创作，因为美可以探索这片荒芜的土地：虚无、痛苦、迷茫没有决定权，拥有决定权的是创造和美，美当然是痛苦的美，但也许因此更真实。

美战胜了虚无，诗歌战胜了死亡，把死亡这个最高的界限变成了死亡的艺术。

把醒悟变成诗歌

两年之后，
我在今年四月写了诗，
但都是老式诗，
而且是以我以前的心境写的。
——
《致保利娜·莱奥帕尔迪的信》，1828 年 5 月 2 日

亲爱的贾科莫：

你有一件蓝色的衣服，漂亮，但已经旧了。你爱上法妮的时候让人把这件衣服做了翻改，换了衬里，为了看上去更可爱。你熟知修复东西的艺术，让很破旧的东西变成新的。你为了爱情而修复，但爱情背叛了你。不过你没有放弃修复已经最终破旧的东西：被经历消除的希望，被死亡粉碎的生命。

在你心灵遭受致命创伤之后，你的修复工作又上了一个台阶。你没有像那些只看内容的人相信的那样止步于宇宙的痛苦，

他们忘记了在诗歌中，形式就是内容，语言就是美的身躯，即使美变了形也罢。你的天分没有认输，它感觉到那个坍塌的东西也许只是一个由想象创造的虚构世界，路应该继续走下去。仍然有某种东西要发掘，一缕黑暗中的光芒，诗歌的光芒。你的诗歌是那个受伤的、被折断的、被粉碎的无穷的救赎呐喊。有而不是没有，有希望正是因为有创造，因为创造是"爱"的同义词。正因此，贾科莫，我可以希望，因为你没有把虚无化为虚无，而是化成了美。多亏你，我也可以居住虚无，并且明白了一个成熟的生活的秘密：修复人和世界的伤口，为伤口抹上止痛膏，即使看上去不能愈合也罢："诗人不再为了娱乐而作诗，而是为了驱散厌倦，为了显示自己的优秀。作诗是因为为所有人，为仍然对自己的命运一无所知的人，为也将死亡的星星，而痛苦；作诗是为了破解秘密，认识那个打击一切被创造的东西的大恶；作诗是为了对善的向往，即使这个善在他看来不过是幻想。"（朱塞佩·翁加雷蒂：《莱奥帕尔迪关于术语的危机及语言的思考》）

　　《圣经》中有一章我特别喜欢，我在那一章中找到了你自己的忧伤现实主义，这种现实主义由日常的物和人构成，从未变成绝望。贯穿《传道书》全书的是一个痛苦的发现：一切皆虚空。该书第十二章达到高潮，然而限制感不是失败，而是开放：

当记念造你的主

趁着年幼，衰败的日子尚未来到

就是你所说我毫无喜乐的那些年，

不要等到日头、光明、月亮、星宿变为黑暗，雨后云彩返回，

看守房屋的人发颤

强健的人屈身，

推磨的女人稀少就止息，

从窗户往外看的都昏暗，

街门关闭，

推磨的响声微小，鸟鸣变弱，

人的歌声也都衰微，

人怕高处，

路上有惊慌，

杏树开花，

蚱蜢艰难爬行，

刺山柑失效，

因为人归他永远的家，

吊丧的在街上往来，

银练折断，

金罐破裂，

瓶子在泉旁损坏，

水轮在井口破烂，

尘土仍归于地，

灵仍归于赐灵的神。

传道者说，虚空的虚空，

凡事都是虚空。

　　一切都注定要终结，这就是这个世界的根本脆弱性。年轻时可以抓住欢愉，然后一切都必然回归尘埃。对于《传道书》来说，只有上帝是无穷的担保者，他从虚无中发掘出万物，授予万物对他而不是对虚无的无限怀念：想着造物主，青春的节日就不结束。你没有这一章前四句的信心，那位慈父躲藏在沉重的大自然背后，大自然如同一个可悲的机械装置，把一切都拖到了他的生死节奏中。与其说是父亲，不如说是钟表匠，给世界上了发条之后退回到沉寂中。然而，即使没有这样的信心，也许因此会有更大的胆量，你像《圣经》的作者一样把黑暗变成了希望，对于他来说是超然的希望，对于你来说是内在的希望。二者都是美。

　　命运，强加于我们的限制，可以不仅在死亡的过程中接受，它也可以居住，甚至可以爱吗？

　　答案在生命的另一个阶段里。

RIPARAZIONE
o l'arte di essere fragili

修复，
或者说接受脆弱的艺术

我的哲学，
不仅不像肤浅观察的人所想的那样，
还有许多人所指责的那样，通向厌世，
而且就其本性而言还排除厌世，
就其本性而言趋向于弥补。
——
《杂感录》，1829 年 1 月 2 日

亲爱的贾科莫：

　　一个阳光明媚的日子，在一棵巨树的树荫下，一位女学生问我我是为了什么耗费自己的生命。我递给她一朵小雏菊花，回答她："为了捍卫脆弱东西的美。"

　　在我们生活的时代，人只有完美才有权生活。一切不足、弱点和脆弱似乎都消除了。那些自欺欺人制造了完美外壳的人暂时从犯错误的人的土地上逃脱出来。然而还有另外一种保平安的方式，那就是像你一样建设另外一片肥沃的土地，供那些善于接受脆弱的人生活。鸟的轻快恰恰取决于其翅膀的重量，那是一种强有力的轻快，不是肤浅的果实，而是顽强拼搏的果实。你生活在一个拥有沉重翅膀的躯体里，你争得了自由，比所有人都更轻快，为了让我们所有人都能飞翔。

　　那个女孩在大树下有点困惑。沉默不语就是有最难回答的问题，她一定在问："捍卫脆弱东西的美是什么意思？又是为什么？"我回答："因为神圣的东西最初总是脆弱的，如同种子，我们谈话时为我们提供阴凉的强健宽阔的树枝，曾经隐藏在种子里。"

我看到她脸上发光，因为她感觉到她接受脆弱不是过错，而是一次在所有其他人，包括在我的陪伴下进行的旅行。贾科莫，修复和自我修复的秘诀之一就是友谊，你始终在寻找朋友。你在穿越孤独的沙漠时发现所有人，包括我，都是朋友。没有朋友，接受脆弱的艺术就无从谈起。

　　几个月后，那个女孩给我看了那朵小雏菊，已经干枯但完好无损，保存在记忆的花盒——一本所喜爱的书的书页里。她保存这朵花是为了回忆我们的友谊和我们的生活艺术的秘密：捍卫脆弱的东西。

没有朋友，什么也不可能修复

你记住，
我的拉涅里，
是你让大自然留给我的生活在我的眼里成为可能，
这是这个世界上唯一一个无法补偿的东西。
——
《致安东尼奥·拉涅里的信》，1832 年 12 月 27 日

亲爱的贾科莫：

有一份爱拯救过你，不是一个女人的爱，而是两个朋友的爱，他们在那不勒斯自己的家里和在托雷德尔格雷科的别墅里接待了你。他们是兄妹：安东尼奥·拉涅里和保利娜·拉涅里。与法妮断绝关系后，你与死亡分离了仅仅四年，这四年当中，你没有为《杂感录》添加任何文字，仿佛滋养你诗句的实验室已经达到了其目标。现在是作诗的时候了，诗歌与友谊一起构成抵御虚无的最后堡垒。

海上遇难的人为了不被淹死总会紧紧抓住一艘船的残骸，你以同样的力量紧紧抓住诗歌和友谊。你那被爱情放逐的心灵在朋友的爱中找到了住所，所以你称安东尼奥"我的心""我的灵魂"。你甚至一周给他写三封信，求他别抛弃你。他是你避免坠入绝望的深渊的唯一抓手。有一天，你拎着棒子到他那里，嚷着"我要出去打人"。他作为朋友安抚你，与你一起散步，向你说明世界没有失去美。

　　你没有钱，不得不向你的父母乞讨。袜子补丁摞补丁。你的视力越来越弱，你被迫向安东尼奥口授你的信和诗。你时而打开窗户，让过度的晨光进来，时而连白天也要关上窗户。你失眠，呼吸困难，保利娜和安东尼奥轮流不睡觉跟你说话，为你朗读你喜爱的书，就像对恐惧的小孩子那样。哮喘、慢性支气管炎、咯血、过敏、腿肿……你身体里的一切都十分脆弱，提前衰老。是那两位朋友拯救了你：那是一种困难的友谊，像所有真实的关系一样，需要持续不断的调节，正因此变得深入，从不中断。你的弟弟卡尔洛和妹妹保利娜也惦记着你，他们是你生活中另外两位伟大的朋友。兄弟姐妹互为朋友，不是所有人都能得到这样的礼物。在这方面我像你一样幸运。

　　那些年，凡是去探望你的人，都不相信像你这样一个病入膏肓的人，竟然是那些浸透着美的诗歌的作者。甚至当时在普奥蒂侯爵文学院任职的德桑克蒂斯，看到你走进他的教室，也为你憔悴的面容感到不安。但你甜蜜的微笑又令人着迷，你在你那脆弱的一生中始终保持着那孩童般的微笑，那是你最大的优势。当时极其年轻的德桑克蒂斯，后来成为他那个时代最重要的文学批评家，你的微笑给他留下深刻印象，他成为第一个，并且在很长时间内是唯一一个把你的诗歌当作其文学课程内容的人。你是最伟大的现代诗人，他看出来了，也极力向学生做了介绍。他带领学生到你的墓前瞻仰，就像宗教信徒一样。

他是当时知识分子中少数卓尔不群的人之一。多数知识分子都以物质财富和"宏伟的进步命运"为自己的宗教，以报纸为自己的福音书，你因此称他们为"新宗教信徒"。他们视你为不吉祥的人、不幸福的人，不能把生活当作人的手中的无限进步接受下来。他们视你为把自己的畸形投射到宇宙的厌世者，还给你起了外号叫"青蛙"。他们把你的诗当作青蛙的牢骚来读。对于一个如此"强有力"、如此"自信"的时代来说，需要的是完全不同类型的诗歌，绝不是你的诗歌中忧伤和不安的脆弱……

在知识分子对你说三道四的时候，你在那不勒斯一头扎进城市深处，倾听普通路人的故事，如一位老人向你叙述他在近二十年前失去了一切，维苏威火山的熔岩吞噬了他的田地和家人。你善于倾听普通人的生活，包括最脆弱的生活，因为你感觉到每一个生命内都回响着整个宇宙的大戏。而其他知识分子则过于执着地展示自己的智力，感觉不到痛苦和需求，无法接近现实。那位老人只能紧紧抓住那些悲惨的回忆，就像你紧紧抓住朋友的陪伴，通过你最后的文学面具之一发出如此感叹："让我们活下去吧，我的波菲利，让我们相互鼓励……以最佳方式完成这艰难的人生。"（《道德小品》之"普罗提诺与波菲利的对话"）你总是通过诗歌创造出一个朋友，然后向他倾诉你的秘密。

为了从艰难的生活中汲取营养，为了把死变成生，需要友谊。每当我们不再相信自己最深层的本质时，如果没有真正的朋友替代我们，我们就不可能忠实于自己。是他们把我们最真实的形象归还给我们，在我们觉得创造已不可能，完成已经永远失去，我们只配虚无的时候，他们甚至应该帮助我们抵御我们自己，抵御我们对摧毁的渴望。

这种友谊拯救你于深渊，在你哭泣的时候亲近你，察觉你的表情，即使不能达到黑暗的核心，也可以让你觉得在那穿越内心黑夜的旅行中有人陪伴。这种友谊的价值我也了解。

这种友谊之所以能拯救人，是因为它可以修复我们的真实形象，归还给我们忠诚，让我们在难以忍受的脆弱中感到幸福。贾科莫，对于你来说，友谊的坚定不移比爱情的幻想更持久。我在一本书中发现了对友谊最美好的定义，那本书以"生活与命运"为书名："友谊是人可以照见自己的镜子。有时候，你与一位朋友聊天就可以学会了解自己，并与自己沟通……有时朋友默默不语，但你可以通过他与自己交谈，在你自己的内心，在因他人心灵的共鸣而变得清晰可见的思想中，重新发现愉悦……朋友就是原谅你的弱点、缺点和毛病的人，是了解和证实你的力量、才干和优点的人。朋友就是尽管爱你但并不掩饰你的弱点、缺点和毛病的人。因此，友谊建立在相像的基础上，但表现在不同、矛盾和差异中。人在友谊中自私地寻找自己缺失的东西，并慷慨地赠送自己拥有的东西。"（瓦西里·格罗斯曼：《生活与命运》）

贾科莫，在你坠入死亡的沉寂中的那一天，保利娜给你拿来一小袋杏仁糖。你当时感觉不错，几个钟头就吃完了，十分满足。朋友用我们的激情修复我们，同时也修复我们的激情。

友谊是让一个命运变成目的地的大路，然而能够拯救我们的心醉神迷、证实我们的爱好的朋友少之又少，因为有的时候他们必须付出更多的爱，超过我们对自己的爱。这需要勇气和耐心。接受脆弱迫使人信赖某个人，接受脆弱把我们从自以为能够独往独来的幻想中解脱出来，因为达到幸福往往至少是两个人一起。

修复无穷

所有有限的东西，
所有最后的东西，
往往自然激起人的痛苦和忧伤情感。
而这是由于有限、最后等词中所包含的意义是无穷的。

——

《杂感录》，1821 年 12 月 31 日

亲爱的贾科莫：

有人说，乐观者与悲观者的区别在于，悲观者比乐观者知道得更多。就你的情况而言是这样，你的确在不倦地寻找真实。然而如果一个人不顾周围的一切都在劝他退缩，仍然不断奋斗，那么"悲观"这个词就不适合他。我从未在你的信中感觉到悲观。有痛苦，有蔑视，甚至有愤怒，但绝没有悲观。

伴随你一生的创造——你的作为、你的诗歌，简而言之，与悲观毫不沾边。在我们称你为厌世者时你已经反抗了，但我们没

有听你说。

悲观是一个心理学范畴，涉及性格和态度。这个范畴当然有效，但也有限。你的确把装着半杯水的杯子看成一半是空的，但你从未停止从那空的一半开始想象，你把空当作创造的机会抓住。这就不是心理学特征了，而是一种把"我"带入更深层次的选择。这种选择在更肤浅的层面上也可以表现为悲观，但并没有沦为悲观。你称这一精神运动为"忧伤"，并且也许是我最感激你的东西之一，因为你体验它，并把它变成了语言和诗句，让我得以发现它，让我得以把它当作我最宝贵的东西来体验和居住。忧伤就是看到这个世界的巨大脆弱但不逃避，而是俯下身来修复，不懈地修复。发现总是缺少什么东西，并在那个缺失中感觉自己被推向创造，而不是被推向虚无。大自然似乎要把这一巨大的障碍作为一个残酷的十字架强加给我们，它压在万物和人的肩上：孤独的麻雀、落月、西尔维娅、游牧人、金雀花，以及所有易受伤害的主人公。贾科莫，没有人像你一样无所畏惧地跟我谈论易受伤害性（vulnerabilità），我使用这个词不是偶然的，因为这个词里包含 vulnus，也就是"伤口"，面向无穷的冲动和与精美东西的锋利棱角的触碰不断打开这个伤口。你看到了赤裸裸的存在，并且发现它是无可救药地赤裸裸。贝娅特里切死后，但丁也是这样，"忧伤"亲自来探望他。

贾科莫，是你让我懂得了这种我们人人都有的忧伤是什么。

我们常常把它当作不适当的和负面的情感予以驱除，然而它恰恰是拯救我们的心灵运动，推动我们创造，推动我们修复万物和人，是对爱和美的愿望，所有层次的爱和美：从短暂的阳光到秋天的树叶，再到体验到爱的人的圆满。能够因为真实的自己而得到爱，那是绝对的慈悲。愿望推动人袒露自己，肯于接受、开放；推动人降低警惕，让止痛剂医治我们因追求无穷而受的伤，而且还要让无穷从那伤口进来。

　　贾科莫，这就是你最大的礼物：在矛盾中抵抗，接受忧伤，把它当作人之不完善的最后遗物。忧伤是人内心存在永恒的代价，是被那个无穷之刺扎伤的人的不安。无穷之刺与玫瑰之刺相似，试图让我们忘记在茎的顶端等待我们的东西，但实际上仅仅是在捍卫它预示的东西。忧伤是一道关闭的门，不让我们进入我们内心的神睡觉的房间。诗歌就是要塑造打开这道门的钥匙，永不绝望，直至最后一口气。

修复是爱的同义词

> 我从未感觉活着比爱更有意义。
>
> ——
>
> 《杂感录》，1819—1820 年

亲爱的贾科莫：

　　最近，我与一位百岁老太交谈，她头脑清晰，举止优雅，气定神闲，坦然面对自己的年龄，而且带着一丝骄傲，就像了解修复艺术秘诀的人一样。她说她九十岁左右开始理解生命的意义，当时躯体迫使她行动迟缓，眼睛迫使她放弃看书，理智迫使她关上电视机，她一连几个小时待在那里，回想近一个世纪里经历的事情。她从记忆深处提取出所有沉淀在她内心海底的事件和回忆。她向我吐露，那些沉淀物都是由一个东西构成的，那就是爱，给予的爱和接受的爱。她称爱为美，建设之美，建设某种能够留存的东西：一个生命的分量。埃兹拉·庞德在其《诗81》中说："你爱上的东西是你真正的遗产……你爱上的东西不会被夺走。"那位百岁老太得出了同样的结论。她的遗产有牢固的地基，建筑结构稳定，难以摧毁，如同一个先将来时[1]——某种将会留存但已经发生的东西。一座可以居住并让人居住的住宅。

贾科莫，你很早就达到了同样的认识。你的生命飞速前进，你在三十八岁的时候就有一百岁了，不仅因为在你那个时代人老得更快，特别是如果像你那样身体有恙的话，而且也是因为年龄不是外在的而是内在的。

你爱上的东西，不会被夺走的遗产，就是诗歌，更确切地说就是诗歌的本质：修复的艺术，修复不完善的东西，承担起其重量，就像对待一个走累了但已接近顶峰的小孩子那样。

你的诗歌在沉到经历的岩石下面后，在20年代末像岩溶河一样重新浮现。你的诗歌之所以回归是因为心灵的需求，然而是一个成熟的心灵，它看到了万物的限制并勇敢地接受之，为了使之成为肥沃的机会。

你的诗歌以修复性诗歌的深度超越了青春期的诱惑力和成熟期的醒悟。你不顾所有创伤尽情作诗，甚至可以说你是由于那些

---

1. 意大利语动词时态之一，表示在另外一个将来动作之前发生的将来动作。

创伤才作诗的。

　　正是在思想筋疲力尽再也找不到出路的地方，诗歌恢复了活力，以不同的方式兴起于废墟之上。只有诗歌可以救赎失去的青春，只有诗歌可以保持对自己的忠诚，对你的原始心醉神迷的忠诚。贾科莫，你的原始心醉神迷是借助于所有失败成长的：

　　　　我预定和希望我的诗歌结出的最大果实之一是，能够以我青春的热度激奋我的暮年；能够在那样的年龄品尝和体验我过去的情感遗迹，像存入仓库一样长久保存它们；能够在我重读它们的时候感动我自己，并且比读别人的诗更能感动我自己。除了回忆，还可以反思过去的我，把自己与自己比较，最后还可以体验快感：品味和欣赏自己的作品，得意地独自凝视一个自己的儿子的美好和优点，满足于为世界创造了一个美好的东西，不论他人是否承认美好。

　　　　　　　　　　　　　《杂感录》，1828 年 2 月 15 日—4 月 15 日

　　这也是我希望在我的生命终结时能够说的话。

　　留存下来的是你的诗歌，诗歌让你的生活沉淀。那么现在我们就必须谈谈诗歌——你的遗产，因为你的诗歌是你为这个世界创造的"美好东西"。你曾经为星星创造过相似的东西。你在你的夜间散步中凝视星星，你从星星那里学到了关于惊奇的一课：

这个世界有一个美好的东西，不是摧毁、逃避和失败。美是存在的，不是不存在的。美经得起时间的考验，尽管你是极其脆弱的作者。

你爱上的东西沉淀，变成历史。那位老太太用极其优美的"西西里化"意大利语对我说，在九十岁这个幼小年龄，"爱情易位"了。她说的是一种永恒的爱情，那种"可以移动太阳和星星"的爱情，那种爱情克服了她心灵的障碍，渐渐诱惑她，在她心灵中定居。这是她百岁生命不可摧毁的遗产：发现我们应该先让人爱我们，而不是爱人；应该先让无穷达到我们，而不是达到无穷。她的这份遗产不会被剥夺，死亡也剥夺不了。

人拥有无穷的高度，但仅仅凭自己的力量无法达到无穷，只能接收、接纳、适应无穷。贾科莫，是诗人接纳、收留生活，并努力修复生活。诗歌不是装饰，不是美化，不是投向世界的魔法，不是掩盖限制的妖术，但也不是醒悟，因为如果没有对脆弱东西的性爱，就不可能作诗，没有希望，一行诗也写不出来。诗歌是镶嵌在限制中的无穷之歌，是将不可见植入可见的嫁接。

诗歌是日常事物的伦理学和美学，所有人都可以理解，所有人都可以实践，不论在生活中做什么：我们的任务是把重复性的日常散文改造成诗，每天都为世界做一件美好的事情，或者使之完成，或者修复一个缺陷。你的诗歌寻找的就是这个，你用你的诗歌修复无法开花结果并失去信心的人。你对美的向往是一种呼唤，呼唤我们所有人每天都修复威胁着我们的独特性和别人的独特性的死亡。

这就是你的遗产。不惜一切为世界创造善和美。这就是你的故事。

其余的都是糟粕。

《月落》：迷茫的使用说明书

> 我再也没有希望之光，
> 再也没有可以使用的资源，
> 只能把我的全部希望寄托于死亡。
> 这样的时刻即将来临，
> 到那时我将求助于你，
> 你就行行好吧。
>
> ——
>
> 《基督徒赞歌》之"救世主赞歌的笔记"

亲爱的贾科莫：

在学校上学的时候，有一天听读你的诗，游牧人说："我的短暂旅行通向何方？"听到这句话时，我的身体为之战栗。当时我十七岁，有那么片刻，我剥掉了我心灵的伪装，感受到那个我应该既向别人也向我自己提出的问题，你曾经用几个如此确切的词概括那个问题：何方、旅行、短暂。我的生命运动常常是混乱的，但已上路，通向何方呢？

不久前，我过了三十九岁生日。我向你吐露，我越来越强烈地感受到你在那天向我谈到的问题。有大历史，那是写在书籍里的，清理掉风霜雨雪的，洗去附着于我们心灵一路尘埃的历史。然而，也有小历史，小历史仅仅留存在体验者的记忆中，充满放弃、背叛、食言、创伤、怨恨、失望……看着引导我更加深入到我第四十年生活中的这几天，我看到了危机："危机"这个词，古希腊人用来表达收割时将麦粒与麦壳分开的行为，也就是将用于制作面包的东西与最多只能用于生火的东西分开。

人到三十九岁看事情就比较清醒了，可以区别滋养生命（爱情、友谊、工作）的麦粒与一时之火，一时之火甚至连取暖都不够。可以抓住真正给我们以教益的书本，可以开始重读那些书本，可以不依赖所有其他人。真正的朋友、忠诚的爱情和对日常工作的投入留下来了。也许工作不被世人承认，但却是有益的，当然如果有益，那是因为对别人有帮助，并且展示了自己的修复能力。三十九岁，留在我心里的是大爱，那种没有任何人可以破坏的爱，照料人的爱，帮助人的爱，沉默不语和说话的爱，让人悲痛、让人做梦的爱，因为忠诚和持久而拯救人的爱。我心中的信念就像黑夜之后的黎明越来越坚定，我相信这种爱不可能结束，因为它把各种不可能，不论是人间的还是天上的，不论是神的还是人的，不论是好斗的还是和平的，全部联结在一起。

你的倒数第二首诗献给了"月落"，我在这首诗的田野中再次发现了一个与亚洲游牧人相似的漂泊者。这首诗中充满了黑夜的黑暗，连月亮都黯淡了。你最好的朋友说，你在去世前不久向他口授了这首诗的最后一节，然而也许这只是一个象征性的逸闻。你那时几乎到了我现在的年龄。二十年前，你的游牧人抚慰了我，现在你又以这个新的游牧人继续陪伴我：一位长途跋涉者在星空下上场，月亮已经如同带着诺言的青春退去。他在黑暗中茫然，如同但丁诗中的朝圣者，不知所措，不知道路通向何方，他向前走是为了寻找目的地和他自己走路的理由。路标变得更模糊了，艰难的行走令其筋疲力尽。他没有找到任何走下去的理由，游牧人的那些问题没有答案。因此，在《月落》中，他变成了自己的陌生人，他分裂了，理性与心灵似乎难以调和，犹如在《给自己》中痛苦的撕裂。然而，黑夜似乎更深了，居住此生的"居所"似乎已不可能：生活与命运相互疏离，一个是独居的地方，另一个是独居的形式。

生活有没有一个目的地？既然最后一线光已熄灭，生活就仅仅是一个越来越短暂的没有路标的旅行吗？

青春亦如此消失，如此
留下死亡的年纪。
悦人的幻觉如阴影逃离，
遥远的希望不见踪迹，
那些都是人性所依。
生活依然黯淡，被遗弃，

迷茫的行者投眼望去，

徒劳找寻漫漫路程的目的地，

却发现人的居所与他疏离，

他也确实与它疏离。

你把未来和现在都寄托于"遥远的希望"，没有了希望，生活再次被遗弃，坠入经历的黯淡。幻灭之后最严重的惩罚就是老年本身，愿望在老年依然"完好无损"，但满足愿望的希望却被扑灭。分离似乎是彻底的，独居似乎不可救药。年轻时还可以希望"愿望"以其自己的力量得到养料，但进入老年后，冲动的源泉干涸了，就连要达到的善也没有可能了。

神发明了老年，

神的智慧得到了体现，

亦是万恶之先，

愿望虽然未变，希望已被扑灭，

欢愉的源泉干涸，惩罚愈严，

再也不会奉献善。

"最高尚的欢愉"，投身于上帝的生活中，是但丁《天堂》里最后一首诗中朝圣者的目的地和理由，然而在你那迷茫的行者眼里却是不可能的。愿望在但丁的诗中触碰到其源泉，找到了满足，但对于你来说却仍是虚幻的诺言。然而，在你最后的诗中有如此丰富的美，以至于这些诗不能不战胜你自己的痛苦，你在传递痛苦时，不知不觉修复了痛苦。世界不是必然美的，但实际上是美的。你的诗也是如此，尽管有黑暗。你通过月落描写了一个最美的黎明，因为在漆黑的夜晚对光的期待和那返回的光明，就是行者的目标和理由；因为美没有理由，美提供理由。

你回来了，继续在黑夜里数星星，用心灵接收它们的美。虽然理性威严，但心灵还在那里，完好无损，依旧敞开，如同诗歌：

> 为黑夜披上银纱的月光
>
> 在西方落下，
>
> 你们，山丘与平原，
>
> 不会长久无依无靠。
>
> 不久你们就会见到
>
> 东方再次发白，
>
> 黎明升起，太阳随之来到，
>
> 以其强烈的光芒照射四周，
>
> 与你们一起，
>
> 用光亮的湍流
>
> 将天上的田野淹没。

你写道，大地将重新变成天上的，光的湍流将会为田野涂色。万物不会永远失去光。然而，一个漆黑的夜降临于恰恰属于人的一切。我们只剩下忧伤和迷茫，为没有履行的诺言而忧伤，因已经上路却不知道朝着哪个方向而迷茫。在我们这里，一切似乎都是偶然的、混乱的、西方的、没落的。为什么这光没有照到我们，没有修复我们，没有把我们从黑暗的道路上拉出来？

青春是唯一不复返的曙光，生活只是失去光的寡妇，其起点不过是其终点：死亡的虚无。

　　然而既然美好的青春已逝，

　　人生再也不会有光，

　　更不会有曙光，

　　它将寡居直至逝世。

　　那个让其他年龄黯然失色的夜，

　　已被神埋葬。

可是，贾科莫，什么样的光可以修复我们呢？如果不是我们心中的光，我们又能用什么样的光修复呢？我们的种子可以是玫瑰的种子吗？还是说仅仅是一粒植物的种子？或者，最多是一首忧伤的诗的种子？

命运的织物

我的波菲利，
我们要活着，
我们要相互慰藉：
不要拒绝携带着我们人类的恶，
那是命运为我们确定的。
我们一定要相互为伴，
让我们相互鼓励，相互帮助，相互支援，
以最佳的方式完成这艰难的人生。

——

《道德小品》之"普罗提诺与波菲利的对话"

亲爱的贾科莫：

　　我希望你被当作命运诗人，而不是倒霉诗人、忧伤诗人、悲观诗人；被当作为找到自己的目的地及其意义而奋斗的生活诗人，而不是驼背诗人、得不到欢愉的诗人。命运千方百计要封闭你，但它越是这么做，你就越把它化为美的目的地，化为创造性任务，为此你不是没有感觉到其重压和艰辛。

　　前段时间，我在教室里接待了一位高中三年级的男孩。他原来的学校搞了一个半工半读计划，给学生机会，学生想从事什么职业，可以去已经从事该职业的人那里"当学徒"，检验一下自己的想法是不是只是幻想。就这样，那个男孩离开自己在另一座城市的学校来到我的班上。

那天，我们要讨论《奥德赛》中的一首诗，我们在高中一年级读过那首诗的全文。谁也没有想到那个男孩是坐着轮椅来的。他得了一种罕见的病，不可治愈，身体弱得连感冒都会带来危险，手和脚都坏死了。然而，他脸上带着微笑，流露出一种难以理解的光，让我班上十四岁的孩子们都很好奇。我们面前的这个男孩，尽管遭遇到这一切，尽管在意大利遭遇到同样命运的人不超过千人，他仍然在那里讲述他那当教师的梦想。我永远不会忘记那一天，不会忘记一个十六岁孩子给我们上的那一课。他的生命虽然卡在了一个背叛它的躯体里，但他不想放弃。贾科莫，你不是也曾以同样的豪情面对这一切吗？

你比其他任何人都更善于用理性的显微镜和心灵的望远镜观察命运的织物，你描述出它的编织特征。

命运织物的第一根线也是一根链条，是必不可少的，是支配存在的东西及其未来的规律，是铁的规则，决定着星辰、飞鸟、植物的运动，决定着每个黑夜之后光亮的永恒返还。你常常嫉妒人类不能改变的约束：大自然甚至意识不到伤害了人，正像它向那位冰岛人解释的那样。那位冰岛人是航海家，不屈不挠地寻求算总账，是一个集强大和虚弱于一体的人物。

大自然：你也许曾经想象这个世界就是为了你们而造的吧？现在你要知道，在我的制作、我的命令、我的行动中，除极少的例外，过去和现在我都根本不考虑人是否幸福。如果我不管以什么方式伤害到你们，我很少是有意识的。同样，通常如果我做了什么让你们高兴或让你们受益的事情，我也一无所知。我过去和现在做这样的事情，并不像你们相信的那样，是为了让你们高兴或为你们好。最后，如果我真毁灭了你们人类，我并不是有意识的。

　　　　　　　　　《道德小品》之"大自然与一个冰岛人的对话"

　　生活只是一个规律和必然盲目运行的过程。其后果只能是人的痛苦，因为与大自然万物不同，人有意识，意识到存在，就像那位冰岛人，他经历着生产与摧毁之间的搏斗。生产与摧毁之间的搏斗支配着世界的保存，对人没有丝毫温情。然而冰岛人没有退让，他提出了一个问题，一个给人以希望的决定性问题：

　　宇宙的这个不幸福的生活是靠组成宇宙的万物的损失和死亡得以保存的，它让谁高兴，对谁有益？

　　回答仅仅是大沉默。如果有一个活着的对话者，回答就会来到，可现在只有一个神性的漠然。游戏结束了。大自然回归盲目的命运，也许是以狮子的形式，也许是以沙漠大风的形式，把冰岛人碾得粉碎。冰岛人像尤利西斯一样航行在世界尽头，为游牧人的那些问题寻找答案：我是什么？这次短暂的旅行通向何方？漂泊变成了在大地尽头的航行，那里隐藏着必然。

　　命运织物的第二根线交织着更多的成分，看上去像一条绳子：它们是"事实"，也就是那些不依赖自然规律的东西，而一旦有人要做也就成为必然了。那些东西都是人实现的，人每天早晨醒来精力充沛，有了新的希望，愿意开始做点什么。这一切都属于历史的领域。如果说大自然是由必然规律支配的，如重力、星星轨道等，历史则是由人的选择支配的。人的选择决定着事实，让人对未来如醉如痴，感到未来，哪怕仅仅是一部分未来，就在自己的手中，在自己的决定中。每天早晨一只巨大的公鸡重复着它那神秘的叫声，推动人们再次见光，仿佛是从睡眠的怀抱中出生：

　　　　醒来吧，人类，醒来吧。白天再生了：真实回到了大地，空洞的形象走了。起来吧，重新扛起生活的重担，从虚假的世界退回到真实的世界去吧。这个时代的每一个人都收集并回顾其现世的所有思想，回忆计划、学习和工作，为自己设定欢乐与忧愁，以便投入到新的一天里。这个时代的每一个人都比以往更希望在自己的头脑里重新找到愉快的期待和甜蜜的思想。

《道德小品》之"森林公鸡的咏叹"

　　一个人存在于世这一简单的事实，受另外两个相遇并相爱的人的自由选择支配，那两个人的生命，又分别由另外两个在另外的环境下相遇的人决定。所有人都对生命充满希望。贾科莫，如果说有那么一刻，我觉得我是由历史这条绳子造就的，我感到害怕，因为我心中立刻就涌起了你那个问题：为什么我存在而不是不存在？为什么如此多的星星？而我是什么？

　　你在这里之所以使用"什么"而不是"谁"，隐含着另外一个问题：我是大自然的某种东西，如星星，还是历史中的某某人？

　　无关紧要……自由意志的编织如此严密，对于处于下游的我们来说，历史仍然是一个命运。历史之所以像大自然的链条一样富有戏剧性，是因为它只瞄准一个目标，尽管我们努力改变方向，但最终还得接受大自然的必然：

　　　　当然，存在的最终原因不是幸福，因为没有任何东西是幸福的。的确，人类的每一个活动都为自己设定了这个目标，但没有一个能够实现这一目标。人类在其全部生活中处心积虑、不屈不挠、不辞辛苦，不是为了别的，就是为了达到大自然这个唯一的目的，那就是死亡。

大自然与历史的结合就是命运，命运同样降临于我们每一个人，而且一旦发生再也不可更改："我问过许多人，如果让他们回去重过一遍过去的生活，原原本本同第一遍一样，他们是否会高兴。这个问题我也常常问我自己。"（《杂感录》，1827 年 7 月 1 日）你的这个对话既是内心的也是外在的，你的《道德小品》中另一篇文章由此诞生：

> 过路人：可是如果让您重新过一遍您过去的生活，原原本本地重新体验一遍您过去的全部欢快和不快，您愿意吗？
>
> 摊贩：这个我不愿意。
>
> 过路人：那您想重新过一遍什么样的生活呢？是我的生活还是国王的生活，还是其他什么人的生活呢？您不觉得我也好，国王也好，其他什么人也好，会做出与您同样的回答吗？没有人愿意回到过去，重新过一遍过去的生活。
>
> 摊贩：这我相信。
>
> 《道德小品》之"年历摊贩与过路人的对话"

因此我们需要给这个编织一个名称：运气、偶然、机缘、命运、天意等。我们希望它能够为我们的未来保留点好的东西，因为对于过去已经无能为力了：

过路人：所以我还是希望能够重活一回，所有人都是如此。可这预示着直到今年，命运对所有人都不好。很显然每个人都认为自己遭遇到的恶比善更多了，负担更重了。如果以重新过一遍以前的生活为条件，包括它的全部善和全部恶，那就没有任何人愿意再生。美好的生活不是已知的生活，而是未知的生活；不是过去的生活，而是未来的生活。随着新年的到来，命运将善待您、我及所有其他人，幸福的生活将会开始。不是吗？

摊贩：但愿如此。

过路人：所以，给我看看您最漂亮的年历。

我们所有人都希望过得更好，但是贾科莫，有这种可能性吗？这样的编织能够成为我们独有的吗？注定死亡也无所谓吗？我们是不是以同样的方式重新生活一遍也无所谓呢？

然而，贾科莫，你知道，命运不是那些交织在一起的线的集合，那些线只是命运看得见的编织，可人是以"某种东西"嵌入这个存在结构的，人一旦发现自己是某个人，就会琢磨他的行动空间是什么，他该如何学习选择命运指定给他的生活，犹如一个战胜了坚硬的大理石块的艺术家。

你渐渐发现，命运实际上就是为人指派一个任务，人被召唤承担起对之的全部责任并完成之。这就把你变成了一个写命运的伟大诗人。你不让命运与必然、事实、运气重合，而是为其留下充满奥秘的空间，拷问人的热情行动。为此，你诗中的人总是处于运动之中：游牧人、迷茫的行者，他们勇敢地面对黑夜，并超越他们在自己的成熟中找到的临时结论——《道德小品》的结论：

> 如果我获得了死亡，我将平静和满意地死去，仿佛我对这个世界再也没有其他希望和愿望。这是唯一可以让我与命运和解的恩惠。
>
> 《道德小品》之"特里斯塔诺与一位朋友的对话"

你超越了这种对死亡的成熟接受。要把一切化为召唤，需要人的英雄主义，需要有人把挽歌变成赞歌，把忧伤变成史诗，需要对生命——哪怕是最虚弱的生命——的爱。因为每一个人，包括最脆弱的人，其任务都是忠实于自己，就像那个坐在轮椅上面带微笑想当教师的男孩。

当你在黑暗中诗歌是光明，当你在光明中诗歌是黑暗

十六个月的恐怖黑夜之后，
一段上帝让我最大的敌人们免除的经历之后，
您的来信对于我来说就像一道光芒，
比极地黎明的第一缕光都要神圣。

——

《致皮埃特罗·科莱塔的信》，1830 年 4 月 2 日

亲爱的贾科莫：

那不勒斯市维尔吉利亚诺公园里，你的墓上刻着你的生卒日期：1798 年 6 月 29 日生于雷卡纳蒂，1837 年 6 月 14 日卒于那不勒斯。三十八岁，接近三十九岁。古人都知道，坟墓，连同碑文，是驱赶死亡的唯一方式。你的墓碑上记载着的事实是，你扎根于这片土地连四十年都不到。在我们这个世界上留下过足迹的八百亿人当中，又有多少人连生卒日期都没人知道呢？你的诗歌是那三十八年的精华，虽然只是一本小书，但却如此丰富，似乎

可以把成千上万年带在衣袋里。

　　一位我很喜爱的诗人不久前刚刚去世，他在 2006 年献给你一首诗：《莱奥帕尔迪的墓》。伊夫·博纳富瓦也许是你在 20 世纪的真正继承人，他写愿望，写不眠，问问题，写不惜一切代价寻找的"清晰"。他在那首诗的第一节写道：

> 在凤巢里，多少人
> 为移开灰烬烧了手指！
> 他，把寻找光明
> 归因于接受漫漫长夜。

　　唯有诗人是其他诗人的可靠批评者。这些诗句中包含着能够抓住你的人生意义的碑文。对于我来说，重要的是每一个男人或女人都能够说出自己是谁，能够得知其在这个世界的大游戏中存在的"必然性"，得知一个完整人生的意义。你的人生意义就在这两行诗中：只有接受了漫漫长夜，你才找到了如此丰富的光明。你生于一个界限是为了超越这个界限，就像凤凰。你那光明的夜，或者说你那夜间的光明，就是你的秘诀、你的矛盾。只有热爱光明的心灵才善于以夜为友，只有要失去视力的人才懂得赞赏光明，即使是微弱的光。

　　所有伟大的艺术家都从危机和不和谐的时刻汲取营养，因为他们的艺术就是与生活的凸面相对应的凹面，或者是与生活的凹面相对应的凸面。圆满地居住赋予他们的不足和有限的角色，把自己的角色当作可能性而不是简单的剥夺，就能让人感觉到他们的缺失。

贾科莫，当今学习意大利文学史，从圣方济各的诗《创造物赞歌》开始。面对万物的美，有人像你一样受到了心醉神迷，他无法抑制自己的喜悦，为感谢那美的创造者，他用大家都使用的日常语言——通俗语言，写下了同样美的文字，供大家反复吟咏。意大利语文学就是在这时诞生的。同样，你也是在心醉神迷的时刻寻找适合于表达万物之春的文字，你不能等待几年的时间才去庆贺春天。文学，特别是意大利文学诞生于心灵的冲动，面对水、火、风、星星和死亡本身，心灵由惊奇和爱产生冲动。万物存在，万物是美的，尽管不是注定美的，因此必须表现美。

你也同方济各一样，喜欢在黑夜数星星，一个一个地数，那是你的祈祷，那是你诗歌的源泉，因为正像另一位诗人保罗·策兰所说："注意力是灵魂的自发祈祷。"然而你也同方济各一样从痛苦中提取诗歌。很多人认为，《创造物赞歌》如同单纯的泛神论欢愉陶醉，产生于大自然和阳光的魅力。其实正相反，它产生于一个黑夜，是那个与你一样患有眼疾的人身体和精神最痛苦最苦闷的黑夜之一，他甚至忍受不了烛光。在那个失眠的黑夜他感到自己被上帝抛弃了，在外界和内心的寒冷中，他的造物主沉默不语，而他则绝望地祈祷那难熬的时刻和那沉默能够过去。上帝在黎明回答他了，万物复生了，晨光显现出仍然完好无损的美，于是那首赞歌由抛弃之井汩汩涌出，从对一无所有的恐惧中产生出来。这首赞歌没有任何伤感的内容，没有任何泛神论的意思，其力量恰恰在于向人的有限现实的开放，这种开放变成了向上帝的祈祷。上帝是万物的造物主和再造者，因而是存在的担保者，而不是虚无的担保者，他料理一切命运，让它们开花结果，尽管有时看上去不是这样。《创造物赞歌》是一首存在之歌，其诞生始自方济各所选择的绝对贫困和脆弱，贫困和脆弱在那一夜变成了撕心裂肺的怀疑、痛苦和忧虑，担心为了一个虚幻的命运输掉一切。他从那一夜得到了答案，晨光既进驻到天空也进驻到他的心灵，甚至让他感到死亡如同姊妹，一切东西，包括最黑暗的东西，都可居住。

贾科莫，你的诗歌有点"方济各特色"，那就是你在黑夜里寻找光明。你虽然因眼疾有失明的危险，虽然发现了一切皆走向死亡的必然结局，但你把各种东西，包括最微小最脆弱的东西，连同它们的强大存在的奥秘，变成了诗歌。我们适合于语言，不适合于死亡，因为语言可以发出超越死亡的音节："我爱你"或"你的存在是美好的"。

你的笔是一支光明之笔，光虽微弱，但无论如何永远存在。忧伤的光是失去的光的遗产，或者是已经许诺但尚未兑现的光的遗产。所以你穿过黑暗重新寻找光，返回时像一个肩扛一袋宝石的矿工，脸上和眼睛里透着害怕和劳累。你的宝石不是由碳元素构成的，而是由诗构成的，其外形就是从最黑暗的自我洞穴里挖掘出来的诗。我们适合于语言，不适合于死亡，因为语言可以发出创造美、修复死亡的音节。

拯救生活的就是这个，因为"生来就是为了作诗的人到死也会作诗"（朱塞佩·翁加雷蒂）。是你教我懂得，可以随时作诗，即使吟咏的是一个"也许"、一个问号、一个问题、一个寻找。作诗的人会说话，也就是说会祝福世界，修复世界。

你写过一首在寂静的黑夜中听到的歌，歌声"渐渐远去"。你以此表达赞成带着我们的创伤生活，我们天天都有需要治疗的创伤，我们应该向我们身边的人奉献我们所拥有的，奉献我们自己的脆弱性，就像一颗为了开花而奉献阳光的种子，就像百合花在我家乡光秃秃的海滩上所做的那样，就像你的金雀花以其非凡的香气所做的那样：

> 而你，温顺的金雀花，
> 为这荒芜的田野
> 装点上浓香的树丛。

《金雀花》：在荒野中开花，并让荒野繁茂

> 或者生命恢复为活的没死的东西，
> 或者这个世界变成绝望者的孤岛，
> 也许还变成沙漠。
> ——
> 《道德小品》附录之"关于自杀的片段"

亲爱的贾科莫：

你为你的最后一首诗——你的遗嘱，取名"金雀花或荒野之花"。你生命的最后几年，是在那不勒斯和托雷德尔格雷科之间度过的。当时那不勒斯城里正闹霍乱，霍乱夺走了很多人的性命。你骑着骡子，沿着在火山熔岩中挖掘的陡峭道路，到达了金雀花别墅，这个名字是为了纪念你而取的。你从金雀花别墅可以看到的景色，是一片荒芜的石头地，当年任何形式的生命都烧毁在这片黑色的荒野上，不愿意再活下去，只有金雀花树丛留下斑

斑黄点。金雀花散发着浓烈的香气，一如凭空生长的植物，它们抓着土地，从中汲取力量，爆发出一种在有利的环境中不可能产生的美。生命在为更持久地活着而奋斗时会变得美妙和可怕。美总是诞生于限制。湛蓝的天空衬托着黑色的熔岩，暗色的石头吸收着全部阳光，在这样的景色中，香气勃发，阻止人们相信荒野拥有决定权。

你善于解读现实及其在不同层面的面貌，你知道每个东西都是一个隐喻，如果万物会说话，它们就会介绍自己。所以，你借给它们语言能力，拯救它们于死亡。金雀花是荒野的语言，其功能在于肯定生命，也就是生活中的一个信念，这个信念也许是谦卑的，但绝对强大。你善于承认荒野，因为你善于居住它，正如你几年前写给皮埃特罗·乔尔达尼的信："我经常像是处于荒野之中。"（1828 年 7 月 29 日）所以你以诗歌的形式深入到熔岩之花的纤维中，分享它的存在，并把它当作所有人的存在展示给我们。

只有你的诗歌能够让一朵荒野之花说话，你的同时代人从来没有想过。为了不面对死亡，他们忙于展示人的不可遏制的进步：

> 大自然依然年轻富有活力，
> 沿漫漫长路款款移动，
> 仿佛停滞。与此同时王国更替，

人及语言逝去：它浑然不知，
唯有人追求永恒的权利。

　　尽管你的视力因眼疾越来越弱，但你仍然睁大眼寻找生活的真实：一朵在荒野中生长的花，仿佛荒野是必不可少的条件，没有荒野便无法追寻自己内心的无穷并让它在自己的周围汩汩涌出。当你在星空之下写下如下的诗句时，你三十九岁的钟声即将敲响：

我常常在夜间坐在荒野中，
凝固的熔岩波浪披着黑色的衣裳，
似乎仍在翻动。
纯净的天空下，
凄惨的景色中，
我看到星光闪烁，
远处的大海为它们照镜，
整个世界闪着火星，
大地一片沉静。
抬眼望星星，
不过点点无数，其实它们
大得没有边际，

就连大地和大海也不能与它们相比。

星星不知有人类，也不晓得有大地，

人在大地渺小至极。

仰望遥远无际的星群，

仿佛云雾团团，

不仅人，不仅大地，

而且所有我们数不尽的星星，

连同灿烂的太阳，

要么不为它们所知，

要么如同我们看它们，

只是一个朦胧的光点。

啊，人类，你在我看来像什么？

现在，从那个凭借想象的力量想象无穷的年轻人的欢快游戏中，从那个成熟人的忧伤的孤独感中，出现了一个像金雀花树丛那样新的、脆弱的、柔韧的生命。金雀花尤其被利用来制作柔韧但结实的绳索，它完全依靠自己的力量开花，是人的状态的象征。你在一个黑夜用生命的情感观察金雀花，你在这个黑夜似乎感觉到无穷星系之下的空虚，那也是游牧人和迷茫的行者发现的空虚。

事实上，他们的问题又回来了，你仍然忠实于他们的问题，但现在你摘下面具，提出他们的问题。是你，坐在那荒野中，探询星星，远处的大海在凝固的熔岩上呼吸："啊，人类，你像什么？"

人的生命像蚂蚁。蚂蚁为生存而忙碌，但一个苹果掉在蚁巢上，就被一扫而空。面对整个无穷，人的生命是脆弱的。人趾高气扬时你冷嘲热讽，人泄气沮丧时你充满同情。人的状态与光明之花在黑暗中艰难绽放相似：熔岩荒野中的金雀花明知受到限制，但它恰恰诞生于战胜种种限制之时。它是柔顺的花，也就是说脆弱而柔韧，尊重季节，不冲动，不求立刻得到一切，而是耐心寻找，倾其全部生命和可能追求自我完成。金雀花不是怯懦卑贱的花，而是英勇纯真的花，它能够接受非它自己选择的居所，把命运化为真正美的目的地。

　　而你，温顺的金雀花，

　　为这荒芜的田野

　　装点上浓香的枝叶。

　　你不久也将遭受

　　熔岩的残暴。

　　回到已经践踏过的地方，

　　它将把魔爪伸向

　　你柔软的身躯，

　　抵抗不住暴虐，

你只能低下无辜的头。

你的家在荒野上，

那是命运所赐，而非你的意愿。

你在那里从未俯首低头，

向未来的压迫者乞求，

但也从未盲目自大，向星空抬起头。

你比人类更聪明

又不似人类懦弱，

你从不相信

命运或你自己

能让你辈不死长生。

　　脆弱的植物金雀花，不相信自己凭着命运或自我暗示可以不死永生。它们知道自己终有一死，但不放任死亡逃走，而是把它改造成奉献给世界的实体和颜色，没有人能够觉察到。你能感觉到金雀花的生命，是因为那就是你的生命，也许还是所有勇敢者的生命，他们不把自己的状态隐藏在厚实的护甲后面。

　　你也没有放弃在荒野中和在黑暗中创造美。你做一件美好的事情不问世人是否理解，只求奉献圆满和幸福："唯有为世界做一件美好的事情让我满足，不论他人是否如此理解。"（《杂感录》，1828 年 2 月 15 日）

评论这首献给令人恐惧的维苏威火山和高贵的金雀花的诗，让我想起前往庞培废墟参观的情形。突如其来的岩浆把人固定在他们最后的"姿势"里，面对他们的尸体形状，我难以置信。他们的肉体蒸发后在变硬的岩石里形成了凹面，考古人员把石膏填进凹面还原出他们的最后姿态。在那些雕刻中给我印象最深的是一位母亲试图保护自己的孩子，把他紧紧搂在自己的怀里，仿佛这样可以让他免遭炽热岩浆的袭击。最后的姿势是对脆弱生命的保护、母爱和慈悲，是对无情命运的抵抗。那个固化成岩石的美的姿势，那种为他人的奉献，正是你在《金雀花》中所描述的情形。

　　你那个世纪是自我膨胀的时代，追求物质财富和进步，可你的《金雀花》表明，你并不幻想不死不朽，你成长于大地，并从大地学到了戏剧性的生活技艺，然后把它化为接受死亡的艺术。然而承认你的脆弱性，并没有免除你开花结果的任务，并未变成退缩的借口，你没有放弃冲向生活，没有放弃奋斗。

　　金雀花概括了生命的所有年龄，让荒野弥漫香气，甚至安慰了荒野，使之可以让穿过的人至少居住片刻。有了这不屈不挠的小小的美，人仍然可以希望。人应该希望。

　　　　啊！高贵的花，
　　　　在你居住的地方，

似因同情他人遭受的不幸，

你把甜蜜的香气洒向天空，

给荒野以安慰。

　　这就是一朵花的本质，这就是它的任务：散发香气和安慰，完成自己和奉献自己。

　　你变成了金雀花，它原原本本地接受充满无情和费解的生活，扛起其甜蜜的负担，把全部自我化为香气、颜色和绳索。它忠实于自己，修复荒野。它不离不弃，不害怕改变东西，它奋斗，它爱。如同那位在岩浆即将吞没他们的时候搂着自己孩子的母亲。尽管命运似乎已经战胜了她，但她最后的姿势仍是爱的姿势。你用语言修复人，语言在人的内心荒野中开花。

　　你最后的话语不是诗句而是散文，是写给你父亲的，你一直想逃离他。身体已经屈服于劳累，但心灵仍然醒着，并且渴望无穷，谱写出一篇忧伤的最后祈祷：

致莫纳尔多·莱奥帕尔迪

1837 年 5 月 27 日于那不勒斯

我最亲爱的爸爸：

　　……如果我能逃脱霍乱，一旦我的身体允许，我将尽一切可能在任何季节见到您，因为我必须抓紧时间，事实已经让我相信了我一向的预见，就是上帝为我的生命规定的期限为期不远了。我日常的不可治愈的病痛随着年龄已到无以复加的地步，我希望在最终克服了我垂死的身体对病痛做出的微小抵抗之后，病痛能够把我带向永久的休息。我每天都热烈地呼唤这永久的休息不是出于英雄主义，而是因为太过痛苦。

我诚心感谢您和妈妈送给我十个银币，亲吻二老的手，拥抱诸弟妹，恳求他们把我托付给上帝，让我在见他们一面之后速死，结束我不可能治愈的病痛。

您最亲爱的儿子贾科莫

莱奥帕尔迪设想的学校教育

> 然而当今青年的热情随着世人的习惯和经验而熄灭，
> 与油尽灯灭完全一样。
> ——
> 《杂感录》，1821 年 6 月 13 日

> 一定不要用理性熄灭激情，
> 而要把理性转化为激情。
> ——
> 《杂感录》，1820 年 10 月 22 日

亲爱的贾科莫：

　　修复世界的人都是爱其所为的人，不论所为是大是小。他们的生活谱写出一首持续不断的歌，他们发出不属于他们但似乎穿过他们的光芒，发出不知不觉向四处弥漫的香气。那位五十八岁死于肿瘤的女教师就是这样的人。她的儿子之所以想向我讲述她的生活，是因为她生前读过的最后一本书是我的第三部小说。

　　我是一个十九岁的男孩，我的母亲三周前去世，享年

五十八岁。她自 2011 年以来与癌症搏斗，即使在一切似乎已经结束的时候，一切又都再次出现。

她的生活令人难以置信，相信我，我不想把她当作明星向你讲述。

她喜欢发现，总是在寻找新的东西，新的东西可以帮助她，满足她。为此她同样喜欢旅游。她转遍了欧洲，尽管年少时没有经济条件。她总是给自己找事做，尝试，成功，不论什么事情。她向往这个世界所有神奇的东西，总能从中看到常人看不到的东西。

她喜爱教书。她是教师，从候补教师做起，一直到我和弟弟出生都是候补。尽管一路困难重重，但她坚持前行，终于成为高中教师。她的工作就是爱，爱之大，只有像如此严重的疾病才能阻止她继续做她爱做的事情。她是一个与众不同的教师，一个大写的教师。这不是我说的，而是她学生的看法，他们用这样的话向我描述："我从 4 分学生变成了 8 分学生，我想说的不是分数问题，而是你妈妈能够唤醒一个学生的激情，而这是伟大的礼物之一。"

这样，她把教书和旅游这两个激情结合在一起。只要身体状况允许就到处走，与学生一起走更好。

她同样喜欢读书，持续不断，她感到需要读书。书能够帮助她，启迪她。

在疾病不允许她读书之前，她读的最后一本书就是你的《不是地狱》。去世之前，她向许多朋友推荐读这本书，特别是"人在将死之时将会遗憾的五件事"这部分。她对照这五件事反思自己。

我的母亲热爱生活，去世前几天对我说："我无所抱怨，我这一生很精彩，我做了几乎所有我想做的事情。"

如果说人在将死之时会有五件憾事，那么有一件事她绝不会遗憾，那就是她生活过，她投身于这个美好的世界，她深爱过，也被深爱过。

儿子仅仅向我讲述了他的母亲懂得爱，讲述了她的遗产。他能够记忆的是她的爱，不是她的情绪。记忆如此鲜活，尽管她已经不在了，但世界仍然是一个值得居住的地方。这位女士的心醉神迷——旅游、教书、读书——照亮了她的生活，也照亮了她周围的人的生活，如同金雀花树丛的花。

如果生活中找不到这种用之不竭的秘密源泉，人就会跌入虚无，而虚无只能产生虚无。相反，生命产生生命，即使会遇到阻力。

贾科莫，你确信一个时代的不幸可以从该时代奉献给丑恶的空间和时间来判断，丑恶的含义就是中断物和人的完成。当今的神经科学家也证明了这一点。这个世界不论在什么样的纬度和经度，所有人在接触到丑恶时都会发生同样的情况，大脑中与感官相关的区域和靠近扁桃腺的神经网被激活，那是我们的回路中最古老最本能的部分，容纳对置我们于生命危险的一切的反应。我们的大脑命令心脏为相关器官泵血，让身体做好逃跑的准备。也许就是因为这个，见多了摧毁和幻灭形象，我们常常感到这种害怕和威胁的情感压在身上，不知道从何而来。渐渐地，我们习惯了幻灭，让愤世嫉俗一个接一个攻克我们心灵的堡垒。

美把世界变成一次约会，（一个苹果就足够了，正像塞尚不厌其烦地画的那些苹果，"我要用一个苹果惊艳巴黎"），而丑则把世界变成一次伏击（一个苹果就足够了，正像那个插入格雷戈尔·萨姆萨后背的苹果）。陀思妥耶夫斯基让他的一个人物发出这样的呐喊："没有美，人在这个世界上就绝对没有任何事情可以做！全部秘密就在这里，全部历史就在这里！没有美，科学本身一分钟都撑不下去，这个你们都知道，你们笑什么？你们连一个钉子都发明不出来！"他说得对，没有美就只能关在家里等着终结，寄希望于丑不要越过房间的门槛。只有美能够让人走出自我，探索，爱，创造，修复。美能激起人的工作热情。不论什么工作，只要做得好，就能够拯救托付给我们的那部分世界，因为它能够把那部分世界带向可能的丰富的完成。

人只有通过美才能恋爱，为此诗人都有持续不断恋爱的天分。如果我们变得无法读诗，我们就滑进了对美的失明，失去了爱。我们之所以对日常生活感到厌倦，原因就在这里。这个世界在生活的每一个角落里都寻求舒适，在这样一个世界里一个荒谬的现象四处泛滥，就是只知道疯狂消费，不知道如何处世。要学会处世和奉献就必须耐心"停留"。贾科莫，你教我如何在每时每刻处世，如何居住每一分钟，不论给予我们的居住条件如何，以便从中发现美。以什么方式呢？用我们所说的"灵感"。我们不再知道灵感是什么，我们已经把灵感变成了一种触动怪诞的人的内心冲动，然而没有任何东西能够像灵感一样从内心照亮我们的日常生活，灵感的光芒让我们的每一个姿态真实，让我们的每一个行动丰收，不论结果如何。

诗人维斯瓦娃·辛波斯卡说过：

灵感不是诗人或艺术家的专有特权。不论现在、过去还是将来，总是有那么一批人被灵感光顾。他们都是自觉地选择一种工作并投入激情和幻想的人。有这样的医生、这样的教师、这样的园丁，更不用说数以百计的其他职业。只要能够不断发现新的挑战，他们的工作就可以构成持续不断的冒险。即使遭遇困难和失败，他们的好奇心也不会消失。每解决一个新的问题，就会涌现出大量新的疑问。无论灵感是什么，它诞生于一个永无休止的"我不知道"。这样的人不是很多。地球上的大部分居民都是为生计而工作，他们工作是因为必须。他们的工作不是出于激情而选择的，而是生活环境为他们选择的。一种不爱的工作、一种令人厌烦的工作，其受到赞赏仅仅因为不是所有人都能做，这样的工作是人的最大不幸之一。没有什么东西让人预计，未来的世纪能够在这方面带来某种令人愉快的改变。

在 1996 年诺贝尔文学奖授奖仪式上的演讲

我们需要的是，由于美，与我们在世界上的"做"和解，做一种能够变成诗的工作，某种能够让世界变得更美的事情。贾科莫，这就是你的诗歌送给我们的礼物，是一种能够修复我们的命运的美，它能够启迪我们，唤醒我们对目的地的追求。

阅读你写给我的东西对于我来说是一种拯救，在我心中激起了新的起始。我十七岁的时候，你把我带进了我内心生活的房间。我希望对于许多其他人也是如此。

我想这种引导我进入更充实的生活的"启蒙"应该在学校进行，学校是培育未来的真正"苗圃"，是托付给人类园丁的命运的田地。

我的第一班学生都是很上进的孩子，他们爱学习，求知欲强，喜欢钻研。我在带这个班的时候产生了计划焦虑，追求做到极致。我介绍作品注重"要做什么"，而不是增长见识。直到我的一个学生做出了粗暴的反应才发生转折。这个学生不客气地问："做这一切有什么用？总是搞得那么紧张，什么也记不住，为什么没有时间沉淀一下呢？"这话问得我目瞪口呆。我让计划给计划了，没有致力于美，没有致力于完成托付给我的生活。生命及其四季都是有计划的，它们需要沉默，需要缓慢，如同一颗种子先生出茎，然后开花，再然后结果，与此同时其根越扎越深。"理由是，大自然并不是跳跃着往前走的，强制大自然不会产生持久的效果。说得更明白些，像这样的仓促过渡都是表面上的过渡，而非现实的过渡。"（《道德小品》之"特里斯塔诺与一个朋友的对话"）

贾科莫，学校可以修复美，如果能够抵抗典型的消费主义诱惑，如果能够不去追求可以量化但不尊重独特性的结果，如果我们能够在艺术面前停留，静候无偿的美。然而，我们常常恰恰在学校学到的是，美是乏味的、肤浅的、无用的。最受意大利人憎恶的两本书是《神曲》和《约婚夫妇》，这两本书的伟大正是依据它们抵御学校进攻的能力衡量的。学校把它们分成"片段"，把它们当作进行分析的借口，而不是当作生活的课本。

每当我带领我的学生阅读《奥德赛》和《约婚夫妇》的全文时，我都发现他们不那么自在，就好像我把他们带到了另外一个国家。然而这才是有用的：被带领和被心醉神迷到另外一个地方，然后满载而归，带着一个被诗人或艺术家拯救的世界。我永远不会忘记，有一个班的学生在读完《奥德赛》的最后一首诗时突然从课桌里抽出甜点，要庆贺征服伊萨卡。贾科莫，如果我们能够全文阅读名著，我们可以修复多少美啊，我们可以激发多少呼唤、多少心醉神迷啊！然而我们太过关注学习计划，无暇过问人和他们的生活：

> 人肤浅，人不懂得把自己的头脑投入作者的头脑所在的状态……他们从物质上读懂了他们读的东西，但没有看到……作者发现的田野，不了解作者看到的事物的关联。
>
> 《杂感录》，1820 年 11 月 22 日

只有让头脑愉悦的东西才能滋养头脑，而能让头脑愉悦的是发现把物和人联结在一起的关联，关联让生活鲜活，抓住关联，加强关联，修复关联，是心灵和头脑的幸福。

贾科莫，我梦想一个关照个人幸福的学校，我的意思不是一个娱乐的地方，不是一个老师和学生互助的地方，而是一个空间，每个人都可以在这个空间里面找到自己可以赠送给世界的礼物，并为实现这个礼物而奋斗，每个人都可以找到一个拥有激情般力量的灵感，给予其从各种障碍里汲取养料的能量。我梦想一个培育心醉神迷的学校，就像一个作坊培育、检验和修复人们的志向一样。教师在这个学校中就是邮差，把别人的信递送给每一个学生。这个学校把我们视为某个人而不是某个东西，如此让我们开花结果。

我们在学校要拯救的是像梦想和文学那样的没有用的东西。文学的作用在于产生问题和体验问题，有谁比你更能证明这一点呢？文学有助于幸福，因为文学是幸福的地图，正像一个我十分喜欢的犹太故事所说的：

当哈悉德姆派的创始人贝尔·雪姆必须完成一项艰巨的任务时，他就会去森林中的某个地方，点燃一堆火，祈祷，诉说他要做的事情。一代人之后，马吉德遇到同样的问题，他前往森林中的那个地方，说道："我们不会点火堆了，但我们可以祈祷。"结果一切如他所愿。又一代人之后，摩希·雷布处于同样的境遇，他前往森林中说："我们既不会点火堆，也不会祈祷了，但我们知道森林中的那个地方，这个应该足够了吧。"事实上足够了。然而又过了一代人的时间，以斯列尔也遇到同样的困难，他留在他的城堡里，坐在镀金的椅子上说："我们不会点火堆，也不会祈祷，甚至连森林中的那个地方也不知道，但我们可以讲述这过往的一切。"这一次也足够了。

"群星为何闪耀？""我是什么？""我这短暂的旅行通向何方？"当我听到你的这些发问时，我也有同样的感觉：我听到了某种属于我的东西的回声，虽然我已经忘记了森林、火堆和祈涛，但你的诗歌保存了属于我的东西。文学就是这永恒之火的守护者。即使我们忘记一切，即使我们迷了路，文学仍然能够让我们完成我们的任务。如果历史消失，人也将消失，因为其命运的一切痕迹都消失了。

在我梦想的学校里，文学比文学史更重要，阅读比必须阅读更重要，语言能力比计划更重要。

与当今的技术不同的是，语言并不扬弃旧的，以新款代替旧款。语言耐心地修复现实，准确地并且是越来越准确地命名现实，特别是在现实褪色、磨损和失忆的时候："找到了语言……我们的思想由此清晰了、稳定了、实在了，并且明确地固定在头脑中……有了语言就成型了，几乎有了可见的、感性的和限定的形式。"（《杂感录》，1819—1820）与那些需要耐性的人和职业（从农夫到鞋匠，从渔夫到牧人，从技工到园丁，从父母到教师）一样，诗人的修复绝非易事。对于诗人来说，显然东西不是凭空创造的，而是应该加以守护、培育和翻新的。你修复了许多东西，当没有人再关注那些东西时，你却倾注了全部精力。

你就这样修复了忧伤，让我懂得忧伤能够给我的太多，不能把它全部交给像悲观主义那样的心理学范畴；你修复了月亮，教我明白展现月亮并非要把黑暗变成负面的东西，而是要把黑暗变成光明的对立面，二者相互成全；你修复了青春，提醒我青春是最在意自己的痛苦的年龄，因为这个年龄对希望最敞开；你修复了心脏，虽然你命令它停止跳动，但你又揭示了它的自相矛盾，它的肌肉纤维并未停止寻找无穷，即使尘世间没有任何东西能够消解它的饥渴；你修复了孤独，让我体验到孤独的欢愉和必需；你修复了美，让我发现了它永恒的不完善，并进而发现了助它完善的必需；你修复了想象，让它记住它是落入限制的无穷的家；你也修复了厌倦，你以创造而不是摧毁与之对抗。

贾科莫，努力修复和相互修复不是朋友所为吗？朋友像你的每一首诗一样修复活着的人。没有正确的方法，生活不可能穿戴得体。

我感谢你的来信，你的来信帮助我战胜了辛苦。为此，我不断地重读你的来信，把它们当作最宝贵的东西。

作为教师和作家，我受到了召唤，有义务守护、照料、修复学生和语言，因为他们既脆弱又珍贵。

当我尝试不顾我的失败回应这一召唤时，我知道我为这个世界做了美好的事情，因为这是我的心醉神迷，我愿意像你一样忠实于此，为了在我的日子到头之时能够说：没有浪费任何东西。

MORIRE
o l'arte di rinascere

死亡，
或者说再生的艺术

告诉我您和您家人的新消息，
爱我吧。
再见，再见。
您的莱奥帕尔迪。

——

《致安托涅塔·托马西尼的信》，1837 年 5 月 15 日

亲爱的贾科莫：

约翰·济慈是你的知心人，比你早死几年，也死于肺病。他是无穷的探索者，身体极其脆弱。他在最后的信中说，他那不稳定的健康打开了他的感官：

　　这令人惊奇（在这里我要事先声明，根据我的判断，疾病好像暂时解除了我头脑的负担，不再思考和幻想，让我在一种更真实的光中感受事物），这令人惊奇，但离开这个世界的念头让我内心更深切地感觉到大自然之美。我就像可怜的福斯塔夫想到了绿色的草坪，尽管我不像他那么结巴。我深情地思考我自童年就认识的每一种花，它们的形状和颜色对于我是如此新鲜，就好像我刚刚用非凡的想象把它们创造出来。（1820 年 2 月 14 日）

命运也曾迫使你过早地认真对待死亡问题，事实上你为寻找生命和光明而搏斗，不是因为你有不死不朽的幻想，你早把这种幻想抛在脑后了。你不想仅仅在时间上延伸，而是要超越时间，发现再生的秘密。

诗歌的秘密就是死亡将至迫使我们做的事情：以第一次的纯真体验万物，把每一次体验当作最后一次。我经常问自己，如果我确切地知道我二十四小时后死，我会做什么，我要把这二十四小时奉献给什么。

人之必有一死，是人根本的脆弱性，意识到这一点，人就可以面对生活的本质，恢复对万物的兴趣，不让它们陷于虚无。诗人的责任就是进行这种不舒适的教育："诗人被迫把万物提升到真实、纯洁和持久的层面。诗人是追寻幸福的人，这绝非舒适的事情。"（弗兰茨·卡夫卡）

21 世纪初，捷克共和国投票通过了一项法律，要减少夜间的光污染。夜间照明须有遮护，光束不得超过地平线，到了一定时限亮度要通过调节装置减少三分之一，最高的建筑不得在顶端安装照明装置。这是一个民间组织斗争的结果，该组织致力于保护夜间天空不受人造光侵犯。夜间星空即将灭绝，除了给生态系统造成最直接的后果，还给人的头脑和心灵造成了难以估算的损失。全世界三分之一人口已经看不到银河，天空晴朗的情况下，二分之一的欧洲人在裸眼能够看到的三千颗恒星中只能看到几个星宿。贾科莫，你这个"模糊星星"的诗人不可能知道，2016 年意大利获得了"光污染最严重奖"。人越来越少产生"无穷感"，因为无穷不再伸手可及。人的篱笆不是通向彼侧的跳板，而是不可逾越的障碍。夜间天空应该变成人类的财产，就像人类最宝贵的创造物一样。还夜间天空以其身份，将有助于我们记住，有些东西是我们不能占有的，我们只能接受。回归夜的支配，也许可以让我们意识到，还有不能加以利用的东西，归还给我们一丝留恋。你已经感觉到进步的念头会引发这种丢失无穷的现象。两个世纪以后，一个西方国家感觉到需要就你的诗歌老早就指出的问题立法，以便拯救黑暗及其容纳的东西，修复这个国家的居民的眼睛，也许还有他们的心灵。

　　只有熟悉无穷的人才了解自己的有限，接受死亡，不掩饰死亡，只有接受死亡的人才懂得生活。你的诗歌教我们懂得，接受死亡的能力可以变成接受脆弱的艺术，因为只有知道自己时日不多的人才能像恋人那样轻松自如地居住生活，时刻准备做"美好的事情"。人类的法律应该不断提醒人类，记住这种正在灭绝的艺术，有时只需看一眼夜间的天空，就足以运用这一艺术。

　　你的最后一夜，1837年6月13日，是一个星空之夜。在那个霍乱肆虐的夏季，星光格外明亮，然而在如此的天空之下，两位在阳台上聊天的朋友，却可以让任何瘟疫望而却步。传说中，你对安东尼奥·拉涅里说的话是只有朋友才能接受的话，因为只有真正的朋友才能保管我们最深层的欢乐与忧愁："然而不幸的是，莱布尼茨、牛顿、哥伦布、彼特拉克、塔索都信基督教，我们不是也得对教会的学说心有所甘吗？"

你的朋友回答："的确最好能够信，但如果我们因为信仰容不得理性而不能信的话，我们又有什么错呢？"

你沉默了好一阵说："可为什么莱布尼茨、牛顿、哥伦布的理性不像我们的理性那么讨人嫌呢？"

一个人的临终遗言往往听起来像是总结，在文学和电影中就是如此，因为生活中是如此。我还记得有位亲戚，断气前画了一个十字高声说："我是塞尔吉奥。"你的遗言涉及你的最大遗憾：尽管理性拒绝心灵，抗拒心灵，但心灵并不顺从那个已经深入其中的无穷。你不甘心，一个航海人、一个哲学家、一个科学家，还有你最喜欢的两位诗人（有些人已经变成你的《道德小品》中的人物，因而成为你内心的声音）怎么能够仍然有与心灵联结在一起、不拒绝上帝和圣父的理性呢？你羡慕他们对上帝的信仰，这种信仰是对冷酷无情的大自然给不了的东西的回答。他们相信耶稣的话，耶稣曾以你所具有的"诗人的眼光"观察自然万物，仿佛每一个东西都包含由浅到深的不同层面：

> 你们看看天空中的鸟，它们不播种、不收割，也不仓储，然而上帝却喂养它们。你们难道不比它们更有价值吗？你们当中谁能够哪怕稍微延长一点自己的生命呢？为什么要操心穿衣服的事情呢？你们观察一下田野里的百合花，它们

不劳作，也不纺线，然而我告诉你们，就是所罗门极荣华的时候，他所穿戴的还不如这花一朵呢！现在如果上帝穿上田野里的草，就是今天还有明天就扔到炉灶里的那种，他就没有你们这些没有信仰的人做得多了吗？（《马太福音》6：25—26）

就连像金雀花那样的野花也没有被美拒之门外。那是一种上帝想要的和守护的美，圆满的张力就在上帝手中。上帝是担保人，保证万物中每个命运的完成，让万物不知有贫乏，让它们接收它们能够接收的一切；上帝也保证众人中每个命运的完成，让他们了解自己的脆弱性，随意选择是否接受上帝为他们提供的生活。这种确定性与那些伟人的理性和心灵并无冲突。贾科莫，你不甘心失去心灵，心灵知道真实首先是信任的果实，而不是展示的果实，真实就是爱，就是存在和呼吸的事实，就是我们的独一无二，就是美。

根据拉涅里的记述，第二天，一杯巧克力之后，你向他口授了《月落》的最后几行诗。你也许仍然受到最后一个星空之夜的美的感染，你把这最后一个当作第一个。你明白你的大限已至。

医生无力回天，神父无可奈何，你在你最好的朋友的怀里咽了气，留下一句"我再也见不到你了"。你闭上了双眼。你比所有人都更善于观察万物，从正面看，从上边看，从对面看，你一直从中寻找生活的秘密。

没有不相信永恒的艺术家，因为艺术家千方百计追求挽救美于时间和死亡。人是希望持久的动物，艺术家知道为这个世界做点美好的事情有助于持久，因为艺术创造是赋予生命的希望，是存在的希望，是寻找让我们再生的东西。贾科莫，你的诗歌没有屈从于传记资料，跌入孤芳自赏，你的诗歌解放了自己，提升了自己。你的作品说："我就是我不是的那个样子。"而这就是脆弱东西的美，脆弱的东西渴望成为它们还不是的那个样子，它们为自我完成而奋斗，寻找可以让它们在最美的状态下开花的东西。

　　生活中，要理解这个世界的万物，必须至少死两次。第一次是年轻时，还有时间和精力重新站起来的时候，这正是你所做的，你死于你最初的心醉神迷，运用剩下的全部力量以你的诗歌修复忧伤——因一个许诺幸福的大诺言没有兑现而忧伤。第二次是我们即将停止呼吸的时候，到那时我们必须回头看看，问问自己我们是为什么呼吸，我们的呼吸是否被浪费。如果努力为这个世界做点美好的事情，如果努力抵御虚无的诱惑，正像那个与你相似的灵魂所证实的那样，就不可能完全死亡："我越来越确信，作诗是继行善之后这个世界上最重要的事情。"（约翰·济慈，1819 年 8 月 25 日的信）

　　所以再生的艺术就是爱的艺术，因为只有爱着才能为世界做点美好的事情。只有爱能够让我们面对我们的存在的脆弱性，这是一种不论我们有什么缺点都不应消失的爱，能够让我们接受我们的命运并让我们的命运开花结果。波德莱尔在去世前几年曾经呼唤这种爱："我希望全心全意地相信一个外在的、看不见的存在与我的命运有关，但是如何才能相信它呢？"（《致母亲的信》，1861 年 5 月 6 日）

没有一种相信我们（而不是我们相信它）的爱，我们就不可能有一个命运和一个目的地。贾科莫，这种爱我在上帝身上找到了。我相信我们缺乏命运进而缺乏幸福，缺乏爱，缺乏一种无限的爱，它不论今天还是永远都选择、拥抱和修复我们的脆弱存在的每一个限制，争取让我们的脆弱存在达到其完成。然而正像你所说的，由于忧伤的冲动，我们对这种爱的真实性有太多的抵触和怀疑。

你的墓在维尔吉利亚诺公园一条寂静的小径旁，在那里可以听到大海的回声，感觉到天空之下的空旷。在你的墓前，我曾对你说感谢，现在我则想对你说再见。我曾为你朗诵亚当·扎加耶夫斯基的以下诗句：

试着赞美这遭损毁的世界 [1]

试着赞美这遭损毁的世界。
回想六月漫长的白昼，

---

1. 李以亮译。

野草莓、滴滴红葡萄酒。

那井然有序地长满

流亡者废弃家园的荨麻。

你必须赞美这遭损毁的世界。

你见过那些漂亮的游艇和轮船；

其中一艘，漫长的旅途在前头，

另外的，带咸味的遗忘等着它们。

你见过无处可去的难民，

你听到过行刑者兴高采烈地歌唱。

你要赞美这遭损毁的世界。

记得我们在一起的时候，

在一个白色房间里，窗帘晃动。

回想中重返乐声骤起的音乐厅。

在秋日的公园你收集橡果，

树叶回旋在大地的伤口。

赞美这遭损毁的世界吧，

和一只画眉鸟遗落的灰色羽毛，

以及重重迷失、消散又返回的

柔和之光。

这首诗迫使我们减弱人造的灯光，重新看看这个遭损毁的脆弱世界。万物重新要求它们的权利、它们的柔软、它们的不纯、它们的光影、它们的脆弱。万物和众人，他们的面貌，重新呼唤我们的慈悲，不断地说：无论怎样守护我们吧，修复我们吧。

那个主张夜间天空的法律是由一位曾经也是作家和诗人的总统签署的，我不相信这是偶然的。有的人可能会想，这是一种昙花一现的煽情手段，算得上一种挑衅。可是如果像你贾科莫一样在星空下数着星星行走，真是为在这个新世纪之初重新找回希望与命运、礼物与任务而进行的冒险该有多好呀。

贾科莫，也许如果我们的读者今天夜里熄灭所有灯光，观察宁静的天空，他们就会明白美和感恩将拯救我们于因缺乏命运和目的地而产生的迷茫。

如果他们在那个明亮的黑暗中身边或心中有某个人，他们就会发现其具有诱惑力的脆弱性，一种受了伤、需要医治和修复的无穷，他们就会明白自己是个"诗人"，也就是说受到召唤，不惜任何代价为这个世界做点美好的事情。

也许到那时他们就会明白，给自己以完成，给脆弱的东西以完成，拯救它们于死亡，这种辛苦而又令人兴奋的艺术只有一个方法，那就是爱。

这就是再生的秘密。

这就是接受脆弱的艺术。

附　言

亲爱的贾科莫：

　　但凡珍爱的信都有一个附言，内容是在我们写完信几个小时之后让我们惊奇的想法，如同一个晚熟的果实。我想奉献给你的果实，是我不久前读到的一件事。

　　特莱津是布拉格附近的一座小城，纳粹对特莱津进行了改造，修建了围墙，赶走了非犹太居民，一部分成为犹太人居住区，另一部分成为集中营。小城改名为特莱西恩施塔特，纳粹把其当作宣传样板，称之为“犹太居民自治区”，但实际上只是一个死亡试验场。

据一位集中营的幸存者叙述，有一天，宣布次日要围捕拒不自首的一千名青年。第二天早晨，人们很快发现一件奇怪的事情：特莱西恩施塔特的书店被洗劫一空，每个被迫进入集中营围墙内的年轻人都拿了几本书，放在唯一允许携带的双肩背里。他们没有往里面装没有用的纪念品，也没有装食品或急需用品，而是装进一两本书。他们的生存更依赖作家、诗人、科学家的话语，而不是其他东西。面对死亡，他们把必需的东西置于重要的东西之前。要抓住生命，必须抓住生命的意义。

然而，贾科莫，书真能拯救生命吗？也许书拯救生命是个比喻，因为书可以防止生命失去意义，给无形以形状，帮助我们居住可能性，把看不见的植入看得见的树干上。最终书告诉我们，我们并不孤立，美没有被完全流放，即使在集中营中也没有。

然而在我写这些信的日子里，我收到一位女孩子的来信，她已决定要结束自己的生命。她告诉我，她之所以直到那时还没有行动是因为读了你的诗，你的诗让她感到在这个世界上并不孤独。进入心灵的夜变得可以居住，她每天夜里都为一个她认为是"魔鬼"的生命而伤心落泪。

诗人这种无私赞颂世界、万物和众人的力量是无偿的，我们需要这种力量发现我们自己不是魔鬼而是美的。我们绝不应该觉得诗歌是我们理所应得的。诗歌是礼物，它让我们感觉到甚至游牧人、孤独的麻雀、迷茫的行者、金雀花以及其他脆弱性都是宝贵的。

那个女孩认定什么也不管用了，就连你的萨福[1]、你的忧伤和你致力于美的奋斗也无济于事了。于是我告诉她，我正在写一本关于你的书，这本书的内容恰恰就是生活这个神秘的悲剧或喜剧，我劝她不要不读这本书就离开舞台。她回答我说，她会暂停执行她的退出计划，先读一读这本书。也许这本书可以帮助她检讨她已经无法再体验的生命的各个阶段，也许她可以因此找到一个目的地，就像藏在土地里的种子，之所以对光一无所知只是因为令人伤感的躲藏。

亲爱的贾科莫，精心选择的书可以拯救生命，特别是脆弱的生命，让其采摘其内心的未来之果实。

感谢你，当我说一本书可以拯救生命的时候，我知道我不仅仅是在使用一个比喻。

爱你。

再见。

你的亚历山德罗

---

[1]. 古希腊女诗人，莱奥帕尔迪曾为其写诗《萨福的绝唱》（*Ultimo Canto di Saffo*）。

Idilli
MDCCXIX
L' Infinito
Idillio I

Sempre caro mi fu quest'ermo colle,
E questa siepe, che da tanta parte
De l'ultimo orizzonte il guardo esclude.
Ma sedendo e mirando, interminato
Spazio di là da quella, e sovrumani
Silenzi, e profondissima quiete
Io nel pensier mi fingo, ove per poco
Il cor non si paura. E come il vento
Odo stormir tra queste piante, io quello
Infinito silenzio a questa voce
Vo comparando: e mi sovvien l'eterno,
E le morte stagioni, e la presente
E viva, e 'l suon di lei. Così tra questa
~~Immensità~~ ^infinità^ s'annega il pensier mio:
E 'l naufragar m'è dolce in questo mare